스켈레톤 마스터

WISHBOOKS GAME FANTASY STORY

더페이서 게임 판타지 장편소설

스켈레톤 마스터 21

더페이서 게임 판타지 장편소설

초판 1쇄 찍은 날 | 2020년 3월 23일
초판 1쇄 펴낸 날 | 2020년 3월 30일

지은이 | 더페이서
펴낸이 | 예경원

기획 | 위시북스
편집책임 | 이은송
편집 | 위시북스

펴낸곳 | 예원북스
등록번호 | 제396-2012-000132호
등록일자 | 2012. 7. 25
KFN | 제1-519호

주소 | 경기도 고양시 일산동구 호수로 646-24 위너스21II빌딩 206A호 (우)10401
전화 | 031-819-9431 팩스 | 031-817-9432
E-mail | yewonbooks@naver.com

ISBN 979-11-365-2088-3 04810
979-11-89348-43-4 (set)

※ 이 도서의 국립중앙도서관 출판시도서목록(CIP)은 서지정보유통지원시스템 홈페이지(http://seoji.go.kr)와 국가자료공동목록시스템(http://www.nl.go.kr/kolisnet)에서 이용하실 수 있습니다.

완결
스켈레톤 마스터
21
WISHBOOKS GAME FANTASY STORY
더페이서 게임 판타지 장편소설
Wish Books

스켈레톤
마스터

✦✦✦ CONTENTS ✦✦✦

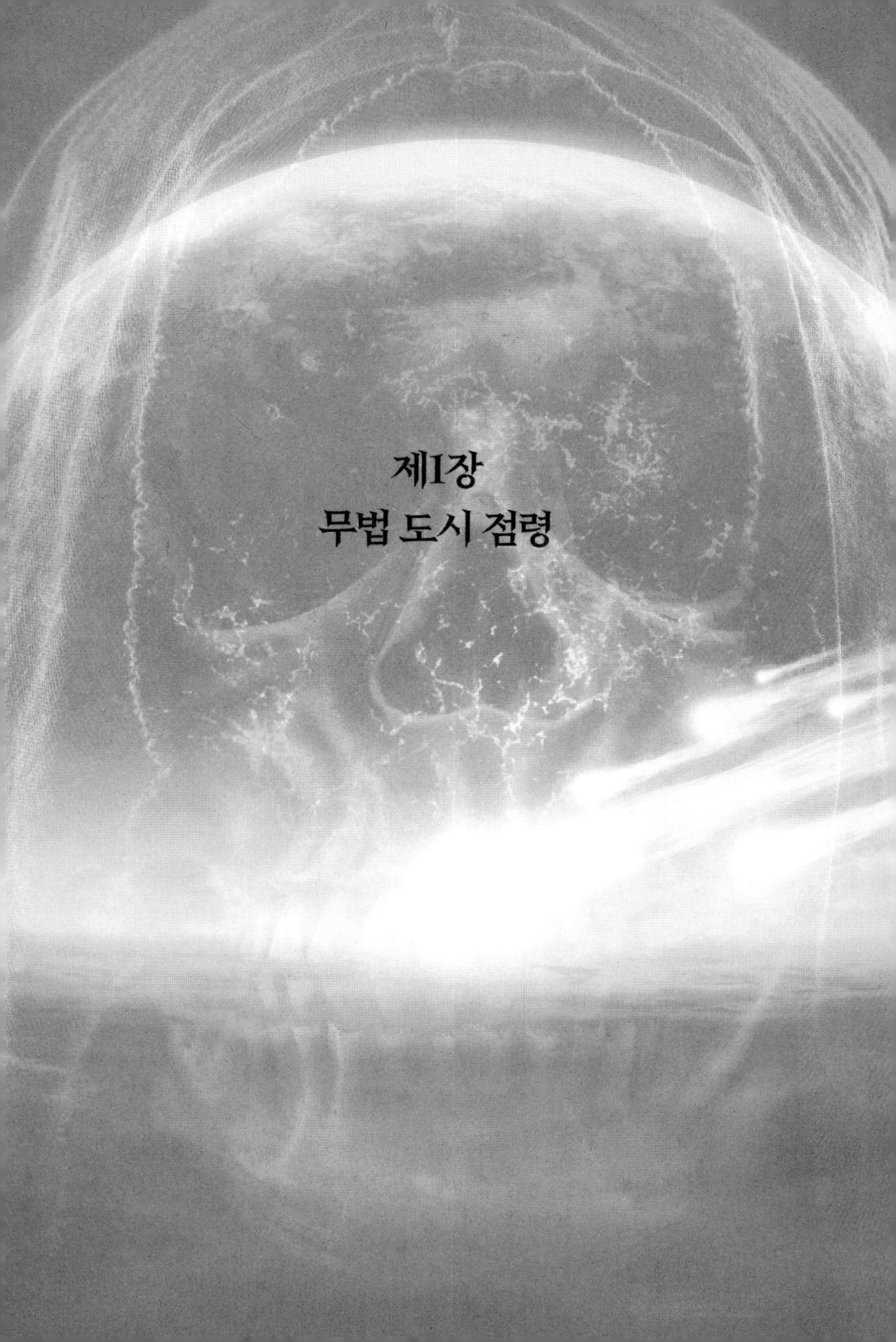

제1장
무법 도시 점령

무혁과 함께 움직이던 유저들.

그들 일부가 홈페이지에 관련 정보를 퍼뜨렸다.

[제목 : 무혁 님, 마왕이 되기 일보 직전?]

제목부터가 시선을 끌었다.

[내용 : 흐흐, 딱히 숨기라는 말은 없어서 긴급하게 알려 드립니다! 유저님들, 재밌는 구경! 혹은 본격적으로 사냥을 하고 싶으신 분들! 지금 당장, 롸잇 나우! 중간 지역으로 오세요! 무혁 님이랑 같이 내곽 5구역에 있습니다! 코앞에 뭐가 있는 줄 아세요? 무법 도시가 있습니다, 무법 도시! 어떤 법도 통하지 않는 곳. 한마디로 말해서 마왕의 힘이 미치지 않는 곳이라고나 할까요! 그곳을 지금 무혁 님이 정복하려고 합니

다! 지금 5구역에 모인 유저들만 수천 명이 넘어요! 하나같이 실력도 쟁쟁하고요. 늦지 말고 지금 당장 오세요, 어서!]

└오, 무법 도시? 호기심은 가네요.

└근데 가면 뭐 있음?

└뭐가 있으니 오라고 했겠죠.

└그니까 뭐?

└몰라, 나도!

└무혁 님이 무법 도시 지배하면, 마왕 되는 거?

└그런 듯?

└마왕 되면 뭔가 있으려나?

└직속부대?

└오, 직속부대 소속도 괜찮겠네.

└이후에 다른 지역 마왕 처리하러 가겠지. 당연한 스토리 아님?

└옳거니!

└그리고 마왕 되면 뭔가 시스템적인 권한도 주어지지 않겠음?

└시스템 권한?

└그게 뭐임?

└퀘스트 같은 거 줄 수 있지 않겠냐는 거!

└아? 오오, 가능성 높은데……!

└진짜 그러면 초대박!

유저들은 단지 게시물 하나만으로 여러 가지를 추측했다.

그 추측이 너무 허황되지 않다는 사실에 많은 이들이 동요했으며 그들 역시 한자리를 꿰차고 싶은 욕심이 생겼다.

[제목 : 나도 내곽으로 간드아아아!]

[내용 : 무혁 님이 진짜 무법 도시의 지배자가 되면 뭐 하나라도 더 재밌는 게 있겠죠! 다들 고고고합시다!]

ㄴ**간드아아아!**

ㄴ**나도!**

ㄴ**서두르세요, 늦기 전에ㅎㅎ**

그리고 급히 서두른 덕분일까.

꽤 많은 유저가 내곽 5구역으로 모여들었다.

다음 날.

접속한 무혁은 어제보다 현격히 늘어난 유저를 보며 고개를 갸웃거렸다.

마침 접속해 있던 예린이 다가와 미소를 지었다.

"오빠, 유저들 많지?"

"어. 갑자기 뭐야?"

"홈페이지에 글이 올라왔거든. 어제부터."

"글?"

"응. 오빠가 무법 도시 정복하려고 한다는 글. 그래서 유저들이 밤새 엄청 모였나 봐."

"아…… 뭐, 상관없겠지."

유저야 많을수록 좋았으니까. 처음부터 지금까지 함께한 이들의 얼굴도 충분히 익혔고.

"오발루트!"

"예!"

그림자처럼 오발루트가 나타났다.

"최상급이 일곱이랬던가? 무법 도시에 있는 놈들이."

"그렇습니다."

"흐음, 오발루트, 코르크, 보쿠마. 셋이면 최상급 한 놈은 맡을 수 있으려나?"

"물론입니다."

"좋아."

어제 맹세를 받은 최상급 마족과 상급 마족이 힘을 합한다면 또 다른 최상급 마족도 상대가 가능할 터였다. 유저도 엄청 늘어났고, 그중에 실력이 상당해 보이는 이들도 있으니 최상급 둘 정도는 상대가 가능하리라.

그럼 셋이 남는 건가.

셋 정도는 어떻게든 상대가 가능할 것 같았다.

혹시 모르니 포인트도 다 써야겠어.

넉넉하게 소켓 망치 세 개를 구매했다.

운이 좋았음인가.

[랜덤으로 소켓이 생성됩니다.]

두 번이나 성공해 버렸다.

"호오."

그것도 구멍이 무려 5개, 7개가 뚫려 버렸다. 곧바로 힘, 민첩, 체력을 올려주는 보석을 구매해서 고루 박았다.

흐음, 스킬도 조합해야 할까?

고민하다가 고개를 저었다.

한 번 사용해 버리면 다시는 사용할 수 없기에 조금 더 시간을 두고 보기로 했다.

지금 애매한 스킬끼리 조합해서 실패라도 했다가, 훗날 실패한 것과 조합이 정말로 괜찮아 보이는 스킬이라도 습득한다면 손해가 이만저만이 아닐 테니 말이다.

"또 작업?"

마침 성민우가 접속했다.

"어, 끝났어."

"오호. 뭔데?"

"소켓."

"아, 나도 좀 해야겠다!"

"30분 남았으니까 천천히 해라."

"오케이."

예린도 어느새 작업에 열중하는 상태였다.

뒤이어 김지연도 접속했다.

안면이 있는 유저들도 늦지 않게 들어왔다.

30분이 지나고.

"모두 모인 것 같으니 출발하겠습니다."

군마가 다량 나타났다. 생각보다 조폭 네크로맨서 유저가 많았던 것이다. 그 모습에 슬쩍 웃음을 지은 무혁도 역시 군마를 불러냈다.

후우웅.

엄청난 숫자의 군마였다.

"와, 역시……!"

"혼자서 불러낸 군마야, 저게?"

"미쳤구만."

군마가 없는 유저들에게 군마를 빌려줬다.

"출발!"

그제야 드넓은 평야를 가로질렀다.

"저기인가?"

"예."

오발루트의 대답에 무혁이 미간을 찌푸렸다.

생각보다 큰데.

코르크가 옆에서 슬쩍 고개를 돌렸다.

"헤헤, 좀 크죠?"

"크네."

"그래도 성벽이 낮아서 큰 문제는 없을 겁니다."

"흐음."

확실히 거리가 좁혀지니 성벽의 높이가 분명하게 인식이 되었다. 규모에 비해서 성벽은 상당히 낮았다. 그 위를 지키는 병력도 보이지 않았고.

"그냥 아무 의미도 없는 성벽인가?"

"흐흐. 그건 아닙니다."

"그럼?"

"보호막이 쳐져 있어서 뛰어넘을 수가 없죠. 무조건 정문으로만 들어가야 합니다."

"호오."

"그래서 무력도 정문에 집중되어 있고요."

"재밌긴 하네. 편하기도 하고."

그렇다면 고민할 것도 없었다.

"정문으로 간다."

"예!"

거대한 무법 도시의 정문이 가까워졌다.

그 순간, 문이 열렸다.

안에서 상당한 숫자의 마족이 등장했다.

이미 침입을 알고 있었던 것이다.

"인간에 마족에……."

그중에 가장 강한 기운을 뿌리는 마족이 앞으로 나섰다.

"뼈다귀 마물까지? 어이가 없군."

한눈에 봐도 범상치 않은 자였다.

최상급이되, 최상급이 아닌 수준이라고나 할까.

대공을 코앞에 둔 것 같았다.

그가 손을 휘젓자 후미에 있던 마족들이 달려 나갔다. 그에 유저들도 반응하여 원거리 마법과 스킬을 퍼부었다.

직후 근거리 유저가 달려들었고 무혁 역시 소환수 흡수 스킬을 사용한 뒤 전방으로 뛰어갔다.

서걱, 푸욱, 콰아앙!

중, 하급은 뛰어넘고 상급만 베어 넘겼다.

그러면서도 속도를 늦추지 않았다. 순식간에 가장 강한 기운을 뿜어대는 최상급 마족의 앞에 당도했다.

"호오."

놈에게 검을 그었다.

카가각!

휘둘러진 손톱에 검날이 막혔다.

흡……!

직전에 소켓을 뚫고 보석을 박은 게 다행이었다. 아니었더라면 눈앞에 있는 최상급 마족을 상대하는 게 꽤나 힘들었을 터였다. 호흡을 삼키며 측면으로 돌아갔다.

백호검법, 제2초식 백호파.

빛이 되어 녀석을 격하게 두드릴 작정이었으나.

후우우웅.

뿜어진 검은 막에 가로막혔다.

캉, 카가가가각!

막을 두드려봤지만, 생각보다 단단해서 깨어지지 않았다. 어느새 스킬이 풀린 무혁이 각종 스킬을 연이어 날려댔다.

반달의 검기. 강한 힘이 실린 화살. 지진과 격살.

비처럼 쏟아지는 화살과 내리꽂히는 검격.

어둠의 막이 흔들렸다.

풍폭, 십자베기! 풍폭, 파워 대시! 풍폭……!

막은 갈수록 진동이 커졌고 그걸 지켜보는 마족 역시 안색이 파리해졌다.

"감히……!"

그 순간 막이 꿰뚫렸다.

쿠와아앙!

무혁의 검이 최상급 마족의 복부를 가격했다. 갑옷을 입고 있었던 탓에 살점을 베어버릴 순 없었지만, 충격이 상당했던지 뒤로 한참이나 날아갔다. 당연히 무혁은 녀석을 놓칠 생각이 없었다.

풍폭, 파괴자의 돌진!

스킬을 사용해 귀신처럼 놈을 따라잡았다.

"헛……!"

놀란 최상급 마족이 급히 균형을 잡으려고 했지만 무혁의 공격이 더 빨랐다. 무차별적으로 얼굴 부위를 가격했다.

강한 힘에 머리가 바닥에 처박혔다. 즉시 검을 내리꽂아 놈의 투구를 짓눌렀다. 밀려나던 힘과 짓누르는 힘으로 인해 최상급 마족의 상체가 지면 깊숙이 박혀 버렸다. 그때 좌, 우측에서 강한 기세가 느껴졌다.

백호검법 제2초식, 백호파.

바로 스킬을 사용해 돌진한 둘을 연이어 가격했다.

바닥에 박힌 녀석까지.

빛이 번쩍하면서 연이어 타격을 가한 뒤 조금 떨어진 곳에서 신형을 드러냈다.

파천궁술 제1초식, 일점사.

파바바바방!

MP를 강제로 소모해 연이어 일점사를 사용했다.

끝없이 쏟아지는 화살. 강한 힘이 실린 무수한 그것들이 세 마리 최상급 마족을 짓눌렀다.

수십, 아니, 수백. 그 이상이 넘어서는 화살들이었다.

끝없는 공격. 그 강력한 힘에 공간 자체가 파괴되었다.

“후우.”

잠시 공격을 멈춘 무혁이 급히 MP 물약을 들이켰다. 마계 포인트로 구매한 물약으로 효과가 좋았기에 이처럼 MP를 마음껏 사용할 수 있었다.

그러나 상대는 최상급.

이 정도로는 죽지 않았음을 알고 있었다.

끝내 버려야지.

그리고 지금, 죽일 수도 있다는 사실도 역시나 깨달았다. 품에서 MP물약 하나를 꺼낸 뒤 입에 물었다. 이후, 화살을 시위에 걸고 겨냥했다. 솟구치는 먼지가 가라앉을 즈음 드러난 최상급 마족 셋.

상태가 썩 좋아 보이진 않았지만 기세는 흉흉했다.

역시.

무혁은 덤덤하게 시위를 놓았다.

파천궁술 제3초식, 파천사.

무서운 속도로 파천사를 연이어 난사했다.

[강제로 스킬을 사용합니다.]

[MP(2,500)를 소모합니다.]

[강제로 스킬을…….]

중간에 물약을 한 번 들이킨 뒤에 다시 파천사를 난사했다. 그리고 공격을 멈춘 뒤 방향을 틀었다.

녀석들의 생사? 확인할 필요조차 없었다.

무려 3초식이었기에.

엄청난 피해를 안겨주는 파천사였으니까. 소환수 흡수를 사용하지 않았더라면 당연히 죽지 않았을 터였다.

그러나 지금, 무혁은 소환수 흡수까지 사용했고 일점사를 사전에 몇 번이나 날려 피해를 입혔다. 거기에 더불어 파천사 스킬을 몇 번이나 꽂아버렸으니 최상급 마족이라면 결코 살아남을 수 없었다.

몇 번이고 놈들을 상대해 봤기에 알 수 있었다.

[최상급 마족 처치(1/1)]

[퀘스트를 완료합니다.]

[마계 포인트를 습득합니다.]

뒤늦게 떠오른 메시지를 보며 미소를 지었다. 같은 내용의 홀로그램이 두 번이나 더 떠오른 탓이었다.

순식간에 셋을 처리했다. 이제 사방에서 활약하는 나머지 적대 최상급 마족만 처리하면 되었다. 소환수 흡수도 아직 7분이 넘게 남은 상태였기에 상당히 여유로웠다.

전장을 거닐며 상황을 살폈다. 첫 번째 목표물이 보이고.

스팟.

놈에게로 무혁이 빠르게 질주했다.

"크억……!"

갑작스러운 공격에 제대로 대응조차 못 한 최상급 마족 한 놈을 빠르게 처리한 뒤 다음 사냥감을 탐색했다.

동에서 번쩍. 서에서 번쩍.

무혁은 사방을 돌아다니면서 최상급 마족만을 노렸다.

이제 남은 녀석은 둘. 다시 한번 한참을 이동하여 유저를 사냥하고 있는 최상급 마족의 앞을 가로막았다.

갑자기 등장했으나 이미 무혁이 동료를 처리했다는 사실을 알고 있었기에 놈은 황급히 뒤로 물러났다. 순식간에 그 주변으로 중, 상급 마족이 견고하게 벽을 쳤다.

"하."

절로 웃음이 나왔다.

겨우 중, 상급 마족이 어찌할 수 있으랴.

풍폭, 파워 대시.

앞에 있는 마족을 어깨로 밀어붙인 뒤 검을 그었다.

풍폭, 백호검법 제3초식 백호참.

반달 모양의 검기가 날아가더니 전방에 위치한 마족을 갈라버렸다. 휑하니 드러난 공간으로 무혁이 돌진했고 당황한 표정의 최상급 마족이 반사적으로 손톱을 휘둘렀다.

거기서 시작된 마기가 보호막을 만들면서 무혁의 공격이 막혔다.

카가각!

급히 스켈레톤을 지휘했다.

뼈화살과 마법.

무수한 공격이 날아들었고 무혁은 잠시 뒤로 물러났다.

스윽.

활을 꺼낸 뒤 목표물을 겨냥했다. 곧이어 스켈레톤의 공격이 최상급 마족의 보호막을 두드렸고, 거대한 폭음이 터지는 순간 무혁도 연달아 파천궁술을 사용했다.

1, 2, 3초식 전부.

이후 MP를 강제로 소모하여 다시 한번 1, 2, 3초식을 사용했다. 메이지와 기마궁수의 공격이 보호막을 흔들고 첫 번째 1, 2초식이 흔들린 보호막에 금을 가게 만들었다. 3초식은 금을 보다 키웠다.

두 번째로 사용한 1초식이 보호막을 완벽하게 깨트렸다. 직후 날아든 2, 3초식이 최상급 마족의 갑옷을 가격했다.

"쿨럭."

피를 토하며 날아가는 마족.

무섭게 달려들어 놈을 따라잡았다. 균형을 잡고 간신히 몸을 일으킨 최상급 마족에게 연이어 검격 스킬을 사용했다.

"커헉……!"

죽음 직전에서 무혁이 잠시 공격을 멈췄다. 놈의 눈동자가 흔들린 탓이었다. 동시에 기세로 가득하던 표정도 풀어졌다.

"목숨만은……."

"맹세."

단번에 무슨 뜻인지 알아들은 마족이 무릎을 꿇었다.

"하, 하겠습니다."

"좋아. 100년이면 되니까 지금 바로 맹세해."

"최상급 마족인 나, 두베스라는……."

그 순간 기이한 일이 벌어졌다. 주변에서 무혁의 전투를 지켜보며 경악하던 중, 상급 마족 일부가 두베스라를 따라 무릎을 꿇은 것이다. 마지막으로 남아 있던 최상급 마족도 마찬가지였다.

"저희도 맹세하겠습니다……!"

얼떨결에 전투가 잠시 소강상태에 빠졌다.

"흐음. 좋아."

무혁의 허락과 동시에 맹세가 이어졌다.

물론 끝까지 버틴 마족도 존재했다.

"인간에게 맹세라니……! 창피하지도 않더냐!"

물론 그런 마족은 전부 순식간에 없애 버렸다.

바로 성내로 향했다.

"한동안은 쉬겠습니다."

유저들을 보낸 뒤.

성민우, 예린, 김지연만 데리고서 중앙에 위치한 가장 거대한 건물, 마왕의 궁전으로 들어갔다.

"어우, 엄청나게 크네."

"호화롭기도 하고."

지배자가 기거하는 곳.

가장 높은 곳에 위치한 의자가 보였다.

모두가 무혁을 쳐다봤다. 성민우, 예린, 김지연까지도.

"내가 앉는다?"

"당연하지."

어색한 표정으로 계단을 올라가 의자에 앉았다.

그 순간이었다.

[무법 도시를 점령합니다.]

[왕의 시험을 치르시겠습니까?]

[Yes/No]

떠오른 내용에 고개를 갸웃거리는 무혁.

"왕의 시험……?"

"응? 뭔 소리야?"

"아, 홀로그램이 하나 떠올라서."

"뭔데?"

"왕의 시험을 치르겠냐고 묻는데?"

"어? 마왕 자격 심사나 뭐, 그런 건가? 뭐, 오래 걸릴 가능성이 크겠네."

"아마도."

고민하던 무혁은 동료들에게 양해를 구한 뒤 예스를 선택했다. 그러나 우려하던 일은 벌어지지 않았다.

[시스템이 캐릭터를 판단합니다.]

[능력치 체크 중…….]

[기준을 통과하지 못했습니다.]

단순히 능력치를 체크하는 게 시험이었던 모양이다.

"뭐야? 왜 아무 일도 없어?"

성민우의 물음에 정신을 차렸다.

"아, 끝이야."

"어?"

"그냥 능력치만 체크하는 모양이더라고."
"오호라. 그래서 결과는?"
"당연히……."
"당연히?"
"실패."
모두 어이없는 표정이었다.
"진심?"
"진짜로……?"
"어. 조금 있다가 소환수 흡수 쓴 뒤에 다시 해봐야겠다."
"당황스럽네, 이거 참."
"나보다 당황스러울까."
무혁은 한동안 멍하니 있으면서 스킬의 쿨타임만 확인했다. 이윽고 소환수 흡수의 쿨타임이 돌아왔다. 모든 소환수를 불러낸 뒤 스킬을 사용했다.
자, 다시.

[왕의 시험을 치르시겠습니까?]
[Yes/No]

[시스템이 캐릭터를 판단합니다.]
[능력치 체크 중…….]
[기준을 통과하셨습니다.]

기다리던 내용이 떠올랐다.

물론 홀로그램은 여기서 끝이 아니었다.

[무법 도시의 왕으로 인정받습니다.]

[새로운 마계의 왕이 탄생합니다.]

[스킬 '마왕 시스템 권한'을 획득합니다.]

뒤이어 떠오른 내용에 순간 멍해졌다.

마왕 시스템 권한……?

이름만 들어도 해당 권한이 결코 평범하지 않음을 알 수 있었다.

"오빠, 오빠. 어떻게 됐어?"

"아, 성공이야."

"진짜? 그럼 이제 진짜로 마왕인 거야"

"응."

"와, 대박!"

한동안 축하하던 와중.

성민우가 물어왔다.

"뭐 특이한 건 없고?"

"스킬 하나 얻었어."

"호오. 뭔데?"

"아직 확인은 안 해봤지. 기다려 봐."

"오케이. 천천히 보라고."

그렇게 말은 했지만 어떤 스킬인지 퍽이나 궁금한 모양이었다. 성민우는 물론이고 예린과 김지연도 호기심이 가득한 눈빛으로 무혁을 빤히 쳐다봤다.

"크흠. 금방 볼게."

서둘러 스킬을 확인했다.

[마왕 시스템 권한]

1. 해당 구역 마을과 마족들을 지배, 관리할 수 있다. 맹세를 하지 않은 마족에게도 일종의 강제적인 영향력을 끼친다. 단, 해당 마족보다 강해야 한다.

2. 해당 구역 유저들에게 퀘스트를 내릴 수 있다. 퀘스트 보상 역시 본인이 직접 선택해야 한다.

3. 해당 구역 마족과 유저들에게 능력치의 일부를 전이하는 마왕의 축복을 내릴 수 있다. 단, 유지되는 기간 동안 동일한 능력치가 하락된다.

4. 다른 구역에 전쟁을 선포할 수 있다.

네 가지의 설명이 전부였으나 무혁은 넘치도록 만족스러웠다. 해당 구역의 지배와 관리, 다른 구역에 대한 전쟁 선포. 두 가지만 있으면 되었으니까.

"권한은 네 가지야."

무혁이 입을 열자 모두 상체를 숙였다.

"첫 번째로, 마을이랑 마족 지배 관리의 권한."

"오호!"

"두 번째로 해당 구역 유저에게 퀘스트 내릴 수 있는 권한."

"와, 대박인데? 퀘스트라니!"

"세 번째는 마왕의 축복을 사용할 수 있고. 네 번째는 전쟁 선포의 권한이네."

그 말을 들은 세 사람의 표정이 달아올랐다. 흥분한 기색이 역력했다.

"마왕의 축복은 모르겠다만, 전쟁 선포라. 재밌겠는데? 이건 무조건 다른 구역 마왕이랑 한 번 싸워보라는 소리잖아."

"그렇지. 그게 우리가 원하는 거기도 하고."

"유저 좀 모아야겠다, 이거."

"어, 홍보 시작하자."

"오빠, 나도 홍보할게!"

"그래."

"그럼 이제 유저 모일 때까지는 정비?"

"정비 충분히 할 동안 유저가 모이려나? 모이면 전쟁 선포하는 거고. 아니면 조금 떨어진 지역으로 가서 마물이나 마족 잡든가 해야지."

"흐흐, 오케이."

[제목 : 유저의 도시, 무법 도시로!]

[내용 : 무혁 님이 자리 잡은 중앙 도시입니다! 당장 여기로 오세요! 여기 유저들 모이면 아마도 바로 다른 지역 마왕에게 전쟁을 선포할 것으로 예상……]

ㄴ전쟁 선포? 가능함?

ㄴ무법 도시도 중앙지역이니까 가능하지 않겠음? 일종의 마왕이잖슴.

ㄴ아, 그런가?

ㄴ오, 가능성 있어 보이네요. 전쟁 재밌겠다……!

ㄴ이건 급이 다를 듯?

ㄴ무슨 급?

ㄴ대륙 전쟁은 솔직히 NPC들 신경 쓰여서 제대로 놀지도 못했잖아요.

ㄴ아, 그건 인정.

ㄴ이번엔 마계니까 그런 거 눈치 볼 필요가 없겠지.

ㄴ캬, 죽이는데……?

은근한 홍보로 인한 자연스러운 추측.

많은 이들이 관심을 갖기 시작했다.

[제목 : 누차 말하지만 경험치도 장난 아니라고……!]

[제목 : 마계 포인트가 대박이라니까요! 형들, 어서 와!]

[제목 : 전쟁 가즈아!]

무법 도시의 유저가 늘어났다. 자연스럽게 그들이 자랑 겸, 홍보를 시작했고 워낙 많은 글이 쏟아지니 일루전을 즐기는 유저라면 마계에 관심이 갈 수밖에 없는 상황이 되었다. 다른 지역으로 가려던 유저도 마음을 바꿔 중간 지역, 무법 도시로 향했다.

"후, 정비는 대충 끝났고."

그러한 나날을 보내던 중. 장비 강화 등등, 얼추 정비를 마친 무혁이 궁전을 빠져나왔다.

무법 도시 내부. 생각보다 더 많은 유저가 돌아다니고 있었다. 게다가 자연스럽게 상권까지 형성이 된 상태였다.

빈 건물을 개조하여 요리사가 들어서고 대장장이가 자리를 잡았다. 일부 상인이 물건을 사고팔았다.

거리에는 많은 유저가 노점을 열었고 또 어느 곳에서는 파티원을 구하기도 했다.

"마물 잡으러 가실 분!"

"레벨 200이상 탱커 모셔요!"

"원거리 계열 유저……!"

그들을 지나치던 중, 마족을 만났다.

코르크와 보쿠마였다.

"아이고, 여기 계셨어요?"

"무슨 일이지."

"어후, 무법 도시에서 지내는 게 너무 힘들어서요."

"음?"

"인간들이 자꾸 공격하려고 들어서 말이죠."

"아아……."

미처 생각하지 못한 부분이었다.

흐음.

고민하던 무혁이 눈을 빛냈다. 이참에 조직이란 걸 제대로 만들어볼까 싶었다.

"흐음. 전부 불러와."

"예? 아, 네. 어디로 갈까요?"

"마왕 궁전으로."

"알겠습니다!"

궁전으로 돌아가는 길에 블랙 길드장, 혁수에게 채팅을 보냈다.

-무혁 : 잠깐 시간 되세요?

-혁수 : 아, 그럼요!

-무혁 : 그럼 궁전으로 오시겠어요?

-혁수 : 네, 지금 가겠습니다!

그를 제외한 나머지 유저 몇 명도 불러들였다.

이후 궁전으로 돌아가 기다렸다. 마족이 먼저 모습을 드러냈기에 일단 그들에게 직위를 내리기로 했다.

무혁의 목소리가 은은하게 퍼졌다.

"최상급 마족은 전부 앞으로 나와라."
"예!"
숫자가 꽤 되었다. 총 다섯. 상급에서 최상급으로 오른 오발루트까지 포함된 상태였다.
"각자에게 알맞은 자리를 내리겠다."
"감사합니다!"
곧바로 시스템 권한을 발동했다.
1번 선택. 눈앞에 있는 최상급 마족 중에서 한 놈을 선택했다.

[최상급 마족 오발루트에게 '마계 군단장' 직위를 하사합니다.]

그나마 가장 대화가 되는 오발루트에게 가장 높은 자리를 줬다. 그 아래에 위치한 사단장은 남은 최상급 마족에게 고루 부여했다.

[상급 마족 코르크에게 '마계 연대장' 직위를 하사합니다.]
[상급 마족 보쿠마에게 '마계 연대장' 직위를 하사합니다.]

상급 마족에게는 연대장, 혹은 그 아래인 대대장의 직위를 내렸다. 중, 하급 마족에게는 그보다 더 낮은 중대장, 혹은 소대장의 직위를 내렸고.
"앞으로 잘 부탁해."
"저희야말로 잘 부탁드립니다!"

그즈음 유저가 도착했다. 사실 유저에겐 직위를 내리는 게 마땅치는 않았다. 그들은 자유로운 존재였기 때문이다. 해서 인연이 있는 길드에게만 동맹을 제안했다.

"동맹이요?"

블랙 길드장 혁수가 의문을 표했다.

"네, 본래라면 뭐 크게 이득은 없는 시스템인데 마계에서는 좀 다르더라고요."

"어떻게 말인가요?"

"저한테 몇 가지 권한이 생겨서요. 퀘스트를 유저들에게 배포할 수 있게 되었는데 중요 퀘스트는 동맹군 위주로 전할 생각이에요."

"아……!"

"게다가 한동안 마계에서 지내야 할 텐데, 동맹이 있으면 위험한 상황에서 서로에게 조금이라도 도움이 되겠죠."

"그럼요!"

"저희는 좋습니다!"

"저도요!"

한자리에 모인 길드장이 모두 동의했다.

혁수 역시 만족스럽게 고개를 끄덕였다.

"신청하겠습니다."

"네!"

[블랙 길드가 동맹요청을 수락합니다.]

[킬링북 길드가…….]

"앞으로도 잘 부탁합니다."

"저희가 해야 할 말이죠."

훈훈한 마무리였다.

무혁이 존재하는 곳. 무법 도시. 그곳으로 향하기 위해 이동하던 200레벨 초반대의 유저들.

"거리가 꽤 되겠지?"

"아마도?"

"흐음, 뭐 가면서 마물이나 잡자고."

"좋지. 흐흐. 어제 마계 포인트로 소켓 망치 샀는데 무려 네 번이나 성공했다는 거 아니냐!"

"하, 자랑 좀 적당히 해라. 몇 번째야?"

"좋으니까 그러지. 좋으니까."

"그래, 부럽다, 부러워."

총 5회의 시도 중에서 4번.

정말 운이 좋은 사내였다.

"오늘은 포인트 모아서 보석 사야지."

"오, 마침 마물 등장하셨고."

리젠된 마물을 단번에 몰아붙였다. 레벨이 꽤 되는 파티였기에 수월하게 처리할 수 있었다.

"캬, 경험치도 좋고. 포인트도 좋고!"

절로 흥이 날 수밖에 없었다.

그때 전방에서 누군가가 나타났다.

한 명. 누가 봐도 유저였다.

"오? 혼자 다니는 건가?"

"랭커겠지, 뭐."

"흐, 신경 끊고 우리 갈 길이나 가자고."

그런데 거리가 좁혀지면서 다가오는 그에게서 기이한 느낌을 받았다.

자꾸만 시선이 갔고 이상하게 가슴이 뛰었다.

어느새 지척. 무심히 검을 뽑은 그가 가볍게 휘둘렀다.

"뭐, 뭐야!"

황급히 대응했지만 날아든 검은 기운이 모든 것을 갈라버렸다. 겨우 살아남은 몇 명의 유저를 바라보던 사내가 혀를 찼다.

"쯧."

현 랭킹 2위의, 어둠기사 다크였다. 한 번에 처리하지 못한 게 마음에 들지 않았던 것이다.

다시 검을 휘둘렀다.

서걱.

남은 이들을 처리한 뒤 나아갔다. 곳곳에서 그와 흡사한 일들이 벌어졌다.

홈페이지에 글이 올라왔다.

[제목 : 저 마계에 있었는데 PK 당했습니다. 정체 밝힙니다!]

[내용 : 당시에는 몰랐는데 죽고 나서 곰곰이 생각해 보니까 우리 파티 죽인 그 새끼, 누군지 기억이 나더라고요! 다행히 황급한 와중에도 증거는 남겨야 해서 스크린샷을 찍었는데요. 확대한 거 한번 보세요! 분위기랑 몇 가지 아이템이 바뀌긴 했는데 희한하게 이 유저는 얼굴은 잘 안 가리더라고요? 보이시죠? 누구인지 기억이 나시려나요? 네, 한때는 랭킹 1위였고. 지금은 현 2위인 다크입니다! 진짜 개어이가 없더라고요. 랭 2위나 되면서 PK나 하고 다니고, 참, 나. 걸리면 전부 조심하세요들!]

ㄴ와, 나도 저 새끼한테 죽었는데……!

ㄴ저는 마족한테 죽었어요, 그것도 최상급 마족.

ㄴ저도 마족이요.

ㄴ전 다크!

ㄴ저도 마족……!

댓글이 이어지는 가운데.

ㄴ그러고 보면 지금은 다 성장하는 추세라 마계에서 굳이 PK를 할

이유가 없지 않나요? 거기 경험치도 엄청나고 포인트 쌓아서 그냥 빨리 크는 게 더 이득일 텐데요.

ㄴ그러게요. 도대체 왜 죽이는 건지……!

ㄴ위에 댓글 보니까 마족 아니면 다크한테 죽었네요. 이거 느낌이 싸한 게 다크 저놈, 마계랑 뭔가 관계가 있어 보입니다.

ㄴ허, 벌써 마계 쪽에 붙은 유저, 뭐 이런 건가?

ㄴ아니면 한동안 안 보였잖아요. 미리 마계에 가서 거기 정착했을 가능성도 있죠.

ㄴ오호, 일리가 있네요.

ㄴ와, 그런 거면 진짜 대단하기도 한데…….

ㄴ짜증 나기도 하죠.ㅋㅋ

ㄴ겜이라 뭐라고 할 수도 없고, 참.

ㄴ하, 그래도 마족 편에 붙어서 유저 학살하는 거 보니 영 좋지는 않군요.

ㄴ걍 적인 거죠, 뭐.

ㄴ맞음, 이제는 그냥 적인 거임.

ㄴ보이면 죽입시다, 킬링 유!

ㄴ다크 유저 죽일 분들 모집합니다!

ㄴ저요!

ㄴ저도 손!

ㄴ쪽지 주세요!

ㄴ지금 드림!

그때 재밌는 댓글이 하나 달렸다.

ㄴ아니지, 이럴 게 아니라 그냥 무법 도시로 가죠!

ㄴ무법 도시?

ㄴ무혁 님은 마왕 쓰러뜨릴 작정이잖아요. 싸우다 보면 다크도 마주치겠죠. 그때 죽여 버리는 거임! 그 과정에서 무혁 님이랑 행동하면 안전도 보장되고! 개이득!

ㄴ오, 좋은데요?

ㄴ확실히 소규모로 돌아다니는 분들은 무법 도시로 가는 게 좋아 보이네요.

ㄴ그렇죠?

ㄴ네. 괜히 다크나 최상급 마족이랑 마주쳐서 죽을 가능성은 낮아지니까요. 뭣보다 한 번 죽으면 또 마계로 오는 과정이 귀찮기도 하고, 꽤 많이 이동했는데 죽어버리면 진짜 열 받아서 잠도 못 잘 거 같음.

ㄴ인정……!

ㄴ오, 정보 감사합니다!

ㄴ무법 도시로 가즈아!!

얼떨결에 무혁의 무법 도시가 또 한 번 홍보되기 시작했다.

최상급 마족, 그리고 다크. 그들의 무차별적인 학살이 이어질수록 더더욱.

나날이 무법 도시에 모여드는 유저의 숫자가 늘어났다. 지금도 정문을 통해 들어서는 유저가 상당했다. 그들을 보는 성민우가 조금은 지루한 표정으로 중얼거렸다.

"이 정도면 충분하지 않나?"

"충분하지."

옆에 있던 무혁의 말에 성민우가 눈을 조금 빛냈다.

"그럼 슬슬 출발하겠네?"

"어. 준비해."

"오케이! 엄청 지루했다고."

"뭐, 대신 준비는 확실하게 했잖아."

"흐흐, 그래서 더 기대 중이지."

그간 성민우, 예린, 김지연의 아이템을 1강화씩 더 해준 건 물론이고 무혁 본인도 아이템의 강화도를 높였다.

스켈레톤의 무구 역시 마찬가지였고. 게다가 틈틈이 주변 마물을 토벌하면서 포인트를 모아 소켓도 뚫었다. 당연히 힘, 민첩, 체력 위주로 박았기에 또 한 번 전력이 대폭 증가했다.

"그럼 정확하게 언제?"

"흠. 유저들도 준비해야 하니까 내일 간다고 미리 얘기해 두면 되겠지."

"오케이!"

그때 뒤늦게 접속한 예린과 김지연도 소식을 전해 들었다.

"와, 드디어 가는 거야?"

"어."

"완전 재밌겠다!"
모두 즐거운 기색이 역력했다.
"일단 유저들한테 알리자고."
"응!"
무혁은 궁전 내부에 있는 방으로 들어갔다.
중앙에 그려진 마법진.

[대증폭 마법진을 발동하시겠습니까?]

MP를 꽤나 소모하여 마법진을 발동시켰다.
-크흠. 들리나요?
무혁의 목소리가 무법 도시 전역에 퍼졌다. 각자의 일을 하던 유저 모두가 들리는 목소리에 귀를 기울였다.
-내일 오후 2시에 동쪽 마왕성에 전쟁을 선포할 겁니다. 전쟁이 선포된 후 동쪽 지역의 마물이나 마족을 처치할 경우 평소보다 보상이 더 높기에 시행하는 일이니 알아두시면 되겠습니다. 전쟁 선포 후에 바로 동쪽으로 진격할 예정입니다. 오늘 하루 모든 준비를 마치고 내일 오후 2시에 뵙겠습니다.
말이 끝남과 거의 동시에.
"우오오오오!"
"드디어……!"
유저들의 환호성이 터져 나왔다.
꽤나 오래 기다려 왔다.

안 그래도 지루함에 몸이 근질거리던 참이기도 했고.

“내일부터 시작이구만.”

다들 마무리 정비를 시작했다.

어느 때보다도 바쁜 하루였다.

다음 날. 오전을 느긋하게 보낸 뒤, 점심을 먹고 일루전에 접속했다.

현재 시각 1시 20분. 아직 40분이라는 여유가 있었다.

할 것도 딱히 없고. 고민하다가 궁전의 꼭대기 층으로 올라갔다. 거대한 창문이 있었다.

다가가 아래를 내려다봤다.

유저들이 분주했다. 고개를 드니 청명한 하늘과 새하얀 구름이 시선을 사로잡았다.

“좋네.”

미세먼지가 하늘을 빼곡하게 채우고 있는 현실에서는 보기 힘든 맑은 날씨였다. 멍하니 구경하다 보니 시간이 금방 흘러갔다.

어느새 1시 50분. 마침 예린에게서 채팅이 왔고 그제야 정신을 차렸다.

-예린 : 오빠?

-예린 : 어? 접속해 있었네. 어디야?

-바로 답장을 해줬다.

-무혁 : 꼭대기 층이야. 지금 내려갈게.

-예린 : 응! 1층에 있을게!

아래로 내려가니 성민우와 김지연도 보였다.

"꼭대기에서 뭐 한 거야?"

"그냥 구경."

"실없기는. 다들 기다리는데 지금 나갈겨?"

"아니."

"그럼?"

"일단 2시에 전쟁 선포하고 나가자."

"아아, 그래."

동료와 함께 다시 마법진으로 이동했다.

조금 기다리니 2시가 되었고 무혁은 시스템을 조작하여 동쪽 마왕성에 전쟁을 선포했다.

[동쪽 마왕성에 전쟁을 선포합니다.]

[동쪽 구역과 적대관계가 성립됩니다.]

[동쪽 구역 마물, 마족이 죽어갈 때마다 군주 포인트를 획득합니다. 단, 본인, 파티원, 길드원, 동맹 길드에 한하여 본인을 제외한 나머지 인원은 소량의 군주 포인트만을 획득합니다.]

전쟁 선포의 가장 큰 이점이었다.

군주 포인트의 획득. 무혁이 죽일 경우가 아니라 그저 동쪽 구역에 있는 마물과 마족이 죽어갈 때마다 포인트가 쌓인다는 게 중요했다.

웃으며 다시 시스템을 조작했다.

[파티원, 길드원, 동맹 길드에 특수 퀘스트를 내립니다. 무법 도시에 있는 모든 유저에게 일반 퀘스트를 내립니다.]

이후 마법진을 발동시켰다.

-동쪽 마왕성에 전쟁을 선포했으며 또한 무법 도시 내에 있는 유저를 대상으로 퀘스트를 내렸습니다. 퀘스트에 보면 알 수 있듯이 보상은 군주 포인트입니다. 동쪽 마왕성에 존재하는 보물 창고에 진입하여 군주 포인트로 아이템을 구매할 수 있습니다. 또한, 마계 포인트로 대체할 수도 있으니 활약 부탁드립니다. 함께 움직이지만, 개인의 뛰어난 활약으로 보다 좋은 보상을 얻게 된다는 점, 유념해 주세요. 그럼 5분 뒤에 동쪽 구역으로 출발하겠습니다.

엄청난 내용을 아무렇지도 않게 뱉어내는 무혁이었다.

더 이상 전달해야 할 말이 없었기에 마법진을 중단했다. 등을 돌리고서 기다리는 이들과 함께 출입구로 향했다.

가는 길에 예린을 쳐다봤다.

"퀘스트 잘 받았지?"

"응! 특수 퀘스트랑 일반 퀘스트 둘 다 받았어. 근데 비슷한 내용이던데?"

"맞아."

"완전 좋아!"

옆에 있던 성민우도 거들었다.

"개꿀이지, 개꿀."

"근데 오빠는?"

"아, 나는 유저들이 퀘스트 클리어할 때마다 군주 포인트 소량씩 획득하는 모양이더라고."

"아하."

"그것도 좋은데?"

"괜찮은 것 같더라. 그래도 최상급 마족 이상은 양보 못 하지. 그 녀석은 죽이기만 해도 마족 처치 퀘스트 보상이 상당하니까."

"흐흐. 그렇긴 하지."

그러다 무언가 발견했는지 예린이 고개를 갸웃거렸다.

"오빠? 방금 홀로그램 봤어?"

"아, 봤어."

"뭐지? 왜 갑자기 군주 포인트가 들어온 거야?"

"아, 그거……."

무혁이 웃으며 대답해 줬다.

"전쟁 선포하면 동쪽 구역 마물, 마족이 죽기만 해도 소량씩 얻을 수 있더라고."

"허얼……!"

"리얼?"

"어."

“다른 유저가 죽인 건데도?”
“응. 그래도 얻어.”
“이렇게 멀리 떨어져 있는데도?”
“그러게. 멀어도 들어오네.”
“와, 이건 진짜 대박이다. 우리만 얻는 거야?”
“파티원. 길드원. 동맹 길드원까지.”
듣고 있던 성민우가 툭 하고 한 마디를 내뱉었다.
“미친……!”
“미칠 정도로 좋긴 하지. 그래도 내가 얻는 비율이 제일 크긴 해.”
“그건 당연한 거고.”
“오빠, 완전 짱……!”
“열심히 모아서 스펙 올려.”
“응응!”
고개를 돌려 성민우와 김지연을 쳐다봤다.
“두 사람도.”
“흐흐, 오케이.”
“고, 고마워, 오빠.”
모두 기대를 가슴에 품은 채 걸음을 내디뎠다.
이윽고 입구를 나섰고 대기하는 무수한 이들을 확인할 수 있었다.
“워우……!”
한쪽에는 마족도 있었다. 유저들의 숫자가 월등했지만, 마족이 뿜어대는 기세 역시 범상치 않았다. 이들 전부가 같은 목표를 지향하고 있었다.

더없이 든든한 기분에 슬며시 미소가 그려졌다. 그렇다고 계속 서 있을 순 없었기에 천천히 입을 열었다.

"그럼, 출발하겠습니다."

단순한 그 말에 함성이 터져 나왔다.

모두가 알고 있기 때문이었다. 지금 가는 이 길의 끝에, 마왕이라는 압도적인 존재가 살아가고 있음을 말이다. 놈을 쓰러뜨리기 위해 마계로 온 바, 모두 함성으로 기세를 일으켰다.

"우오오오오오!"

"가자아아아!"

목표를 달성하기 전까지는, 결코 사그라지지 않을 불길이었다.

한참을 걸어 중앙지역을 벗어났다.

"흐음. 이제 시작인가?"

드디어, 동쪽 구역에 들어선 것이다.

나타나는 마물들. 무혁은 관심도 두지 않았다. 대신 마족과 유저들이 경쟁하듯 처리했다. 그럼에도 무혁은 물론이고 파티원과 동맹 길드원 모두가 군주 포인트를 획득했다.

[군주 포인트(0.02)를 획득합니다.]

물론 수치가 워낙 소량이긴 했지만 말이다.

"크, 좋고!"

그럼에도 쌓이니 상당했다.

"벌써 100점이네."

"아무것도 안 하고 100점이라. 나쁘지 않네."

"점수 좀 모이면 템이나 사야지."

"나도!"

아직은 마물이 대부분이었기에 수월했다.

이동하는 시간만 소요될 뿐. 그렇게 이틀을 더 나아가고서야 간간이 작은 규모의 마을이 등장했다. 물론 거주하는 마족이라고 해봐야 하급이 대부분이었기에 포인트에 큰 차이는 없었다. 하지만 유저들에게 약간의 긴장감을 주기엔 참으로 적당했다.

"드디어 나오기 시작하는구만."

"그럼 곧 규모 큰 곳도 나타나겠지?"

"아마도."

"흐흐, 시작인가?"

물론 제대로 된 규모의 마을이 등장하려면 아직 한참은 멀었지만. 저런 식으로 생각하는 건 결코 나쁘지 않은 일이었다. 사실 지금 당장은 지루한 것도 사실이었고 말이다. 그나마 무혁이야 끝도 없이 등장하는 마물 덕분에 그 지루함이 덜했다.

흐음, 꽤 모였네.

어느새 군주 포인트가 1만 5천이 넘어섰다.

소켓이나 뚫자.

5번 중 2번 성공. 소켓은 총 6개가 뚫렸다.

나쁘진 않아.

힘, 민첩, 체력 보석을 2개씩 박았다.

흠, 다 썼네.

이제 남은 군주 포인트는 겨우 26.

또 모이겠지.

앞으로는 마족도 꽤 나타날 테니 군주 포인트가 더 빠르게 모이리라. 본격적인 전쟁이 시작되면 더욱 빨리 모일 테고. 그럼 마왕을 잡는 것도……!

결코 불가능하지만은 않으리라.

그때였다. 전방에서 일단의 무리가 등장했다.

음……?

거리가 잘 보이지 않았다.

서서히 가까워졌고 다가오는 이들의 정체가 드러났다.

"마족?"

"마족이다……!"

유저들의 표정이 변했다.

두려움 때문이냐고? 아니, 먹잇감을 발견한 맹수의 그것과 매우 흡사했다.

하나같이 흥분한 기색이 역력했다. 한눈에 봐도 다가오는 마족 무리의 수준이 상당해 보인 까닭이었다. 며칠이 넘도록 마물을 사냥하고 기껏해야 하급 마족만 잡은 탓에 지루함이 턱 끝까지 차오른 상태였다. 그런 시기에 상급 마족으로 추정되는 무리가 등장했으니 흥분이 될 수밖에.

"흐, 흐흐……."

곳곳에서 음흉한 웃음소리가 터져 나왔다.

한편 최상급 마족 카사딜은 부하를 이끌고 동쪽 구역을 돌아다니는 중이었다. 대공의 지시로 인간을 사냥하기 위함이었다.

"인간이 그리 많지는 않군요."

"지루한 거냐?"

"네. 사실 그렇습니다."

"뭐, 나약해 빠진 인간이 다 그렇지."

카사딘은 휘하 마족의 자만 어린 말을 질책하지 않았다.

그의 말이 맞았으니까.

지금까지 사냥해온 인간들의 수준이 수준 이하였던 터라, 흥미도, 재미도, 긴장도 없었기 때문이다.

"그래도 명령이다. 최선을 다해라."

"물론입니다!"

마침 저 멀리 상당한 규모의 인간 무리가 발견되었다.

"호오, 숫자가 꽤 되는군."

"흐음. 이번에는 그래도 몸은 좀 풀 수 있을 것 같군요."

"부디 그랬으면 좋겠군."

너무나 당연한 생각이었다.

최상급 마족의 리더. 그 아래로 상급 마족만 스물. 중급 마족만 오십이었다. 어마어마한 전력인 것이다.

"도망치기 전에 서두르겠다."

"예!"

최상급 마족 카사딜이 속도를 높이려는 순간.

"우와아아아아!"

갑자기 인간 무리가 달려들었다.

"뭐야……?"

"허, 저희 지금 얕보인 겁니까?"

"크, 우습군."

"겁대가리를 상실한 모양입니다."

그렇다면 보여주면 그뿐.

"제대로 각인시켜 줘라. 나약한 인간과 우리들의 격차를."

"알겠습니다!"

어느새 꽤나 거리가 좁혀졌고 한 대의 화살이 날아들었다. 아니, 한 대인 줄 알았으나 그 뒤를 나란히 따르는 무수한 화살이 있었다. 인식과 동시에 공간 자체가 뒤틀렸다. 그 정도로 빠르게 날아든 화살이 상급 마족의 상체를 가격했다.

이명이 울리는 듯한 먹먹한 느낌과 함께 폭발이 일어났고. 공격을 당한 상급 마족은 뒤를 받쳐주는 동료들과 함께 바닥을 나뒹굴었다.

"끄, 끄어……."

그리고 다시는 일어나지 못했다. 죽어버린 것이다.

"이게, 무슨……!"

카사딜의 눈이 더없이 커졌다.

있을 수 없는 일이었다. 인간 따위가 어떻게.

그때 좌측 작은 무리가 눈에 들어왔다.

마족이었다. 분명, 그들과 같은 마족.

"이, 이익……!"

최상급 마족의 기운이 그제야 느껴졌다.

아마도 저 녀석들 중 한 명이리라. 그렇게 판단하는 순간 가장 선두에 있던 인간이 화살을 날렸다.

"감히, 인간 따위가……!"

그런데 그 화살이 방금 전과 마찬가지로 공간을 찢어발기며 날아들었다.

아……?

그제야 화살이 동족이 아니라 인간의 공격임을 깨달았다. 황급히 정신을 차리며 손톱을 세웠다. 화살과 손톱이 부딪혔고 강한 충격에 온몸이 파괴되는 감각을 느꼈다. 뒤로 한참이나 밀려난 그의 눈앞으로 또다시 화살이 존재했다.

언제……!

양손을 교차시켰다.

카강, 카가가각!

무수한 화살이 끊임없이 전신을 두드렸다.

온몸이 뒤틀리는 기분.

당장에라도 쓰러질 것만 같았지만 공격이 멈추지 않았다.

"끄, 끄으으……!"

이를 악물며 버텨냈다.

후우웅.

그 순간 바람이 불어왔고.

"흐음."

인간의 목소리가 고막을 파고들었다.

"기회를 줄 거야. 나한테 맹세를 할지, 아니면 여기서 죽을지."

고통에 신음하면서도 카사딜은 비웃었다.

맹세? 웃기는 소리였다.

이미 동쪽 마왕에게 목숨이 저당 잡힌 상태였기에 맹세는 불가능했다.

"죽여라……."

"그렇다면, 뭐."

인간, 아니, 무혁이 검을 그었다.

[경험치를 획득합니다.]

[군주 포인트를 획득합니다.]

[최상급 마족 처치(1/1)]

HP가 0이 된 카사딜이 검게 흐려졌다. 먼지가 되어 사라진 것이다.

확실히 세졌어.

소환수 흡수를 사용한 상태이긴 하지만 최선을 다한 것은 아니었다. 그럼에도 이제 최상급 마족 한 놈 정도는 화살을 날리는 것만으로도 깔끔하게 처리가 가능했다.

동쪽 구역에서 마족을 처치할수록 포인트를 얻어 조금씩 더 강해질 터.

생각보다 빨리 끝날지도.

지금도 NPC는 죽어가고 있을 것이다.

스윽.

고개를 돌려 백호세가의 인원들을 훑었다.

이곳에 넘어오던 순간과는 다르게 지친 기색이 역력했다. 강행군을 했다고는 하지만 이 정도로 지칠 수준이 아니었음에도 저렇다는 건, 저주의 영향이 점차 강해지고 있다는 사실이었다.

서둘러야지.

급히 앞으로 튀어나갔다.

"크아아악!"

남은 마족을 처단했다.

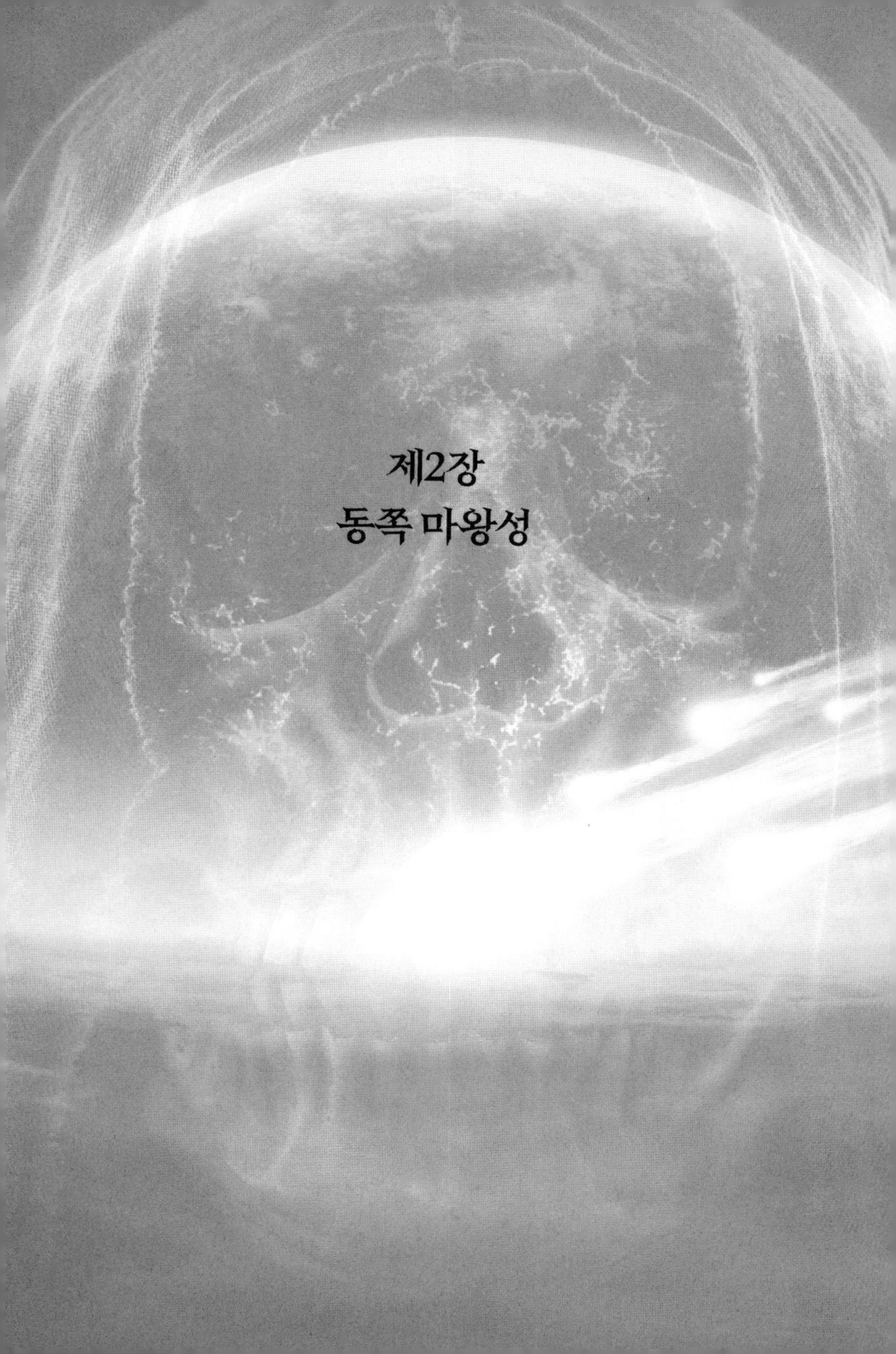

제2장
동쪽 마왕성

녹아버렸다. 유저에게 포위당한 마족은 그 이상 적절한 표현을 찾기 어려울 정도로 빠르게 정리되었다.

"흐흐. 쉽구만, 쉬워!"

"확실히 예전보다 세졌다니까."

"당연하지. 포인트 투자한 게 얼만데!"

"조금만 더 있으면……."

"있으면?"

"나도 상급 마족은 쉽게 잡을 듯?"

"오오……!"

무혁은 휴식을 선언한 뒤 백호운에게 다가갔다.

"괜찮으세요?"

"하하……."

백호운이 억지로 미소를 지었다.

"저는 괜찮습니다. 호법, 장로도요."

"으음."

그 말은 일반 세가원은 괜찮지 않다는 소리였다.

"저주가 생각보다 강하군요."

"이 정도 저주라면 다른 사람들은 꽤 힘든 상황이겠죠……?"

그에 고민하던 백호운이 입을 열었다.

"그건 아닐 겁니다."

"네?"

"중간계에 있을 땐, 이 정도는 아니었습니다. 마계에 넘어오는 순간부터 한층 몸이 무거워지더군요. 아마도 마계이기 때문에 저주에 더 큰 영향을 받지 않나 싶습니다."

"아……!"

"물론 추측일 뿐이지만요."

아니, 충분히 가능성이 있었다. 그게 아니라면 중간계 NPC는 벌써 상당수가 죽었을 것이다. 하지만 아직 그런 이야기는 퍼지지 않은 상태였다.

"그럴 가능성이 커 보이네요."

"그렇습니까?"

"네. 확실히……!"

"그럼 다행이군요."

"역시 물어보길 잘했네요. 참, 그리고 세가원이 너무 힘들어하면 바로 말해주세요. 뭐라도 해서 도움을 주고 싶으니까요."

"알겠습니다."

짧은 휴식을 끝내고서.

"출발하죠."

다시 발걸음을 내디뎠다.

동쪽 마왕에게서 마기가 피어올랐다.

"큭, 전쟁 선포라……."

눈빛이 차갑게 가라앉은 채로.

피어오르는 짙은 살기. 그 서슬 퍼런 기세에 좌, 우로 정렬하고 있는 대공과 최상급 마족들은 그저 고개를 숙인 채 아무런 말도 하지 못했다.

"후……."

긴 호흡 뒤, 기세가 사그라졌다.

그제야 고개를 드는 이들.

"무법 도시에서 감히 전쟁을 선포했습니다. 당장 가서 쓸어버리겠습니다!"

"되었다. 이미 오고 있으니."

"인간 녀석들이 말입니까?"

"그렇다."

"진정 미쳐 버린 것인지도……!"

평소라면 수긍했을 것이다. 고개를 끄덕이면서. 크게 광소를 해대면서 말이다.

하지만 지금은 그러지 못했다. 괜히 가슴이 답답해졌다. 명확한 이유를 알 수 없음에도 불구하고 말이다.

도대체 왜?

동쪽의 마왕, 멀스는 그 탓에 자꾸만 짜증이 났다.

"인간들의 전력은 파악했나?"

"물론입니다. 일단……."

전력을 들은 마왕이 고개를 끄덕였다. 정말 보잘것없는 수준이었다.

그럼에도 이 불안감은 도대체 무엇이란 말인가.

"병력을 보내라. 붉은 전투단이면 충분하겠지."

그에 놀란 대공이 의문을 표했다.

"붉은 전투단을 말입니까……?"

"그래. 불만이라도 있나?"

"그건 아닙니다. 다만, 너무 과한 게 아닐지……."

붉은 전투단. 최상급 마족이 서른에 상급 마족만 270명으로 구성된 특급 전투단이었다. 동쪽 구역에서도 그 이름을 떨쳐 울리는 전투단이었으니 오죽할까. 이곳에 모인 대공이 의문을 표하는 것도 너무나 당연한 일이었다.

"겨우 인간에게……."

"과하다고 생각하나?"

"예."

"대신 확실하겠지."

"그거야 그렇습니다만."

마왕, 멀스가 표정을 찌푸렸다.

"애매하게 보내서 피해를 감수하자는 소리인가?"

"그건 아닙니다."

"어쩌자는 거지? 장난이라도 하자는 건가?"

서서히 기세가 강해졌다. 보이지 않는 강압적인 힘이 공간을 짓누르기 시작한 것. 비록 구슬에 저주를 담고 그 저주가 중간계를 강타하면서 인과율로 인해 힘이 많이 감소했다고는 하지만 그간 쌓아 올린 기세가 사라지는 건 아니었다.

"으음……!"

"똑바로, 말해보도록. 나랑 싸우자는 건가?"

"아, 아닙니다."

"그럼 왜 반대하는 거지?"

"마물을 잡는데 제가 가는 것과 같은 이치가 아닌가 싶어 의문이 들었을 뿐입니다. 제가 설마 마왕님께……."

"한심하군. 인간이 나약하다곤 하지만 이미 죽은 최상급 마족이 적지 않다. 알고는 있나?"

"예……."

"대공, 그대는 적당하게 전력을 보내어 어느 정도의 피해를 감수하자는 말로 들리는군."

"결코 아닙니다."

"말이 앞, 뒤가 맞지 않아."

"죄, 죄송합니다."

"더 의문이 있나?"

"없습니다."

"깔끔하군. 붉은 전투단을 보내도록."

"예!"

대공과 최상급 마족이 자리를 비웠다.

"후우."

짜증이 솟구쳤다. 대공, 그의 힘은 결코 가볍지 않다. 시시때때로 마왕의 자리를 노리고 있는 후보자이니 항상 긴장을 유지해야만 했다. 절대 약한 모습을 보여줘선 안 되는 것이다.

하지만, 너무 티가 나는군.

너무 지켜만 봐도 안 될 일이었다.

실수 하나만 해라.

그 실수를 명분으로 삼아 목을 쳐버릴 심산이었다.

물론 그전에 인간을 처리하는 게 우선이었지만.

"흐음."

또다시 피어오르는 불안감을 지워내며 의자에 몸을 깊게 파묻었다.

끊임없이 이동하여 마물을 죽이고 간간이 나타나는 마을을 공격해 마족을 사냥했다. 시간이 흘러갈수록 마을의 등장 빈도가 짧아졌고 규모는 서서히 커졌다. 지칠 법도 했지만 유저들은 물론이고 함께하는 마족들 역시 기운이 넘쳤다. 중간마다 충분히 쉴 시간을 줬고 결코 강행군을 하지 않은 까닭이었다.

서두를 필요는 있지만 그렇다고 유저들을 강압하게 되면, 그들은 어느 순간 반감을 갖게 될 것이다.

길게 본다면 여유와 성장. 휴식과 보상을 적당히 분배하는 게 맞았다.

그래도 느리진 않아.

조족 네크로맨서 유저가 많아서 이동할 때 모두가 군마를 탑승했다. 지치지 않는 군마였기에 짧은 시간에도 긴 거리를 나아갈 수 있었다. 사방에 몰아치는 마물들이야 유저들이 원거리 스킬만 사용해도 픽픽 쓰러졌으니 문제가 없었다.

[군주 포인트를 획득합니다.]

[군주 포인트를…….]

자잘한 포인트에는 관심도 크게 없었고.

어차피 오르니까.

다만 마족이 등장하면 몇 마리 정도는 반드시 처치했다.

반복되는 나날들.

조금은 지쳐갈 즈음 백호운이 찾아왔다.

그의 표정이 좋지 않았다.

"무슨 일이라도 있어요?"

물으면서도 직감할 수 있었다.

"예. 세가원들의 상태가 좋지 않습니다."

"으음. 오발루트."

"예!"

"목소리를 퍼뜨려."

"알겠습니다."

무혁의 목소리가 공간을 울렸다.

-잠시 휴식하겠습니다.

이후 백호운과 함께 세가원이 위치한 곳으로 이동했다.

자리에 멈춘 그들이 보였다. 장로나 호법은 괜찮았으나 세가원은 전신이 땀이었다. 숨도 미미하게 헐떡이고 있었고 안색도 창백했다. 한눈에 봐도 상태가 좋지 않음을 알 수 있었다.

"많이 안 좋아 보이는데요."

"예……."

"왜 이렇게 늦게 말해준 겁니까."

"죄송합니다. 최대한 진기를 불어넣어 주면서 버텨보려고 했습니다만……."

무혁은 한숨을 쉬며 그들을 살폈다. 직후 마계 포인트 상점을 오픈한 뒤에 소모품을 체크했다.

도움이 될 게 있었는데.

차분하게 살피던 무혁의 눈이 빛났다.

이거다. 작은 병에 담긴 초록색의 액체.

[큐어 물약(하급)]

하급 저주를 일정 부분 희석시켜 주는 물약이다.

재사용시간 : 10일.

[마계 포인트 : 50.]

[큐어 물약(중급)]

[큐어 물약(상급)]

상급 큐어 물약 하나가 무려 200포인트였다.

세가원이 100명이 넘으니까……!

무려 2만 포인트 이상을 써야만 했다. 1주일 전 포인트를 소모하고 지금까지 모은 포인트가 대략 4만 점이었다. 힘들게 모인 포인트의 절반을 써야 하는 상황이었다.

아깝긴 하지만…….

쓰지 않을 수도 없었다.

일단 효과부터 확인해 보자. 하급, 중급, 상급 큐어 물약을 하나씩 구매했다.

백호운에게 하급을 건넸다.

"혹시 도움이 될 수도 있으니까 확인부터 해보죠."

"아, 네."

그는 망설임 없이 큐어 물약을 들이켰다.

순간 희미하게 번지는 녹색의 기운. 가만히 눈을 감고 있던 그가 애매한 표정으로 무혁을 쳐다봤다.

"효과는 있습니다. 다만……."

"약하다는 거죠?"

"예."

"그럼 이건 어때요?"

이번에는 중급 큐어 물약이었다.

다시 마시는 백호운. 그의 표정이 조금 밝아졌다.

"괜찮군요. 상당히 몸이 가벼워졌습니다."

"다행이네요."

"네. 이 정도만 되어도……!"

하지만 무혁은 부족한 느낌이었다.

백호운이니까. 이미 상태가 심각하게 나쁜 일반 세가원에게도 효과가 이 정도나 있을지가 의문이었다. 그래서 마지막 상급 큐어 물약까지 넘겼다.

"이게 제일 좋은 거예요."

"아……!"

백호운은 정말 감사한 표정으로 물약을 마셨다.

"오오……!"

그의 입에서 처음으로 감탄사가 터졌다.

"어때요?"

"마치……!"

"마치?"

"마계로 넘어오기 전으로 돌아온 기분입니다!"

"호오, 괜찮네요."

그렇다면 결국 상급을 구매하는 게 옳았다. 장로, 호법. 세가원의 정확한 숫자를 계산하여 총 116개를 구매할 필요가 있었다.

[군주 포인트를 마계 포인트로 전환합니다.]
[큐어 물약(상급)을 구매합니다.]×116
[마계 포인트(200)를 소모합니다.]×116

그것들을 하나씩 나눠줬다.
"감사합니다……!"
"정말 고맙습니다!"
장로와 호법도 큐어 물약을 마시더니 표정이 변했다.
"오오, 효과가 대단하군요."
"놀라운 수준입니다."
"이게 대체 무엇인지 여쭤도 되겠습니까."
"아, 큐어 물약이라는 겁니다."
"큐어 물약이라……."
"정말 대단한 효능이군요."
당연히 일반 세가원도 효과를 제대로 봤다. 정말 몸이 천근처럼 무거웠었는데 물약 하나로 한없이 가벼워졌다.
"이럴 수가……!"
"모, 몸이 가벼워!"
물론 저주가 해제된 건 아니지만 목구멍까지 차올랐던 죽음의 기운이 발등까지 내려간 기분에 상쾌함까지 느껴졌다.

"정말 감사합니다!"

그들의 인사에 괜히 머쓱해졌다.

"괜찮아요. 어차피 같은 식구인데요, 뭐."

그 말에 세가원의 표정이 더없이 진지해졌다.

카이온 대륙에서 살아가던 그들. 얼떨결에 포르마 대륙까지 떠밀려 와서 무혁의 아래에서 지내게 되었다. 그 탓에 그를 상전으로 대했으나 진심이 우러나진 않았었다.

그러나 지금 한눈에 봐도 특별하기 짝이 없는 물약을 200개가 넘게 나눠줬다.

충분히 부담이 될 터 그럼에도 식구라는 말로 안아버린다.

절로 존경심이 우러났고 진심이 스멀거리며 피어올랐다.

"충성을 다하겠습니다!"

누군가의 외침.

세가원들의 자발적인 충성 맹세가 이어졌다.

"아, 아니, 이게 무슨……."

갑작스러운 상황에 놀란 무혁이 제지했으나 말을 듣지 않았다. 그 모습을 지켜보던 장로와 호법, 그리고 문주인 백호운까지 한쪽 무릎을 꿇었다.

"이 은혜, 충성으로 갚겠습니다."

"아, 알았어요. 어서 일어나세요!"

그들을 급히 일으켜 세우려고 했으나 백호운은 힘으로 버텼다.

"이제 앞으로는 말을 낮춰주십시오."

"아, 그게……."

"아니면 일어서지 않겠습니다."

"알았어요. 알았다고요."

백호운은 반응이 없었다.

"하아. 알았다고……!"

"감사합니다."

그제야 백호운을 비롯하여 모두가 무릎을 세웠다.

게임에서 이게 뭔 일인지. 그러나 이들의 진지한 눈빛에 더 이상 뭐라고 할 수가 없었다.

"앞으로도 잘 부탁한다."

"충!"

그 모습을 주변 유저들이 지켜보고 있었다.

조금은 창피한 순간이었다.

급하게 고개를 털어낸 뒤 진군을 알렸다.

"출발합니다!"

서둘러 움직이는 게 최선이었다.

얼마 가지 않아 마을 하나를 발견했다.

꽤나 규모가 컸다. 기거하는 중, 하급 마족을 처치한 뒤 다시 나아갔다.

같은 시각. 동쪽 마계, 최강의 전투부대라고 할 수 있는 붉은 전투단이 달려가고 있었다. 그들이 탑승하고 있는 거대한 뱀 모양의 마물은 장거리 이동에 특화된 1급 마수로 그 속도 역시 어마어마했다.

"정지!"

지휘자인 최상급 마족 바르테가 손을 들었다.

거짓말처럼 멈춰 서는 마수. 그 위에 탑승한 마족들은 흔들림이 없었다.

"저기 보이는군."

"하, 겨우 저런 녀석들과 전투라니……!"

"어쩔 수 없지. 마왕님의 명령이니까."

"쩝, 그렇지요."

바르테가 단원들을 바라보며 덤덤하게 내뱉었다.

"귀찮다는 건 안다. 그러니 최대한 빨리 정리한 뒤 복귀하겠다. 알겠나?"

"알겠습니다!"

"좋다. 압도적인 힘을 보여줘라!"

단원은 어떤 함성도 없이 다시금 속도를 높였다.

인간 무리와의 거리가 빠르게 좁혀졌다. 무혁과 함께하는 이들의 숫자는 결코 적지 않았다.

맹세를 한 최상급 마족이 다섯 상급 마족은 무려 서른에 달했다. 중, 하급은 말할 것도 없었다. 거기에 꽤 실력 있는 랭커 유저들의 숫자도 오백 명이 넘었다. 실력은 부족하지만, 충분히 도움이 되는 이들도 2천여 명은 족히 넘었다.

그러한 전력이었다. 그들에게로 단 삼백의 마족이 달려들었다. 그럼에도 무시할 수 없었다. 아니, 오히려 극도로 긴장했다.

무혁도 마찬가지였다.

"미친……?"

절로 욕이 튀어나올 정도였다.

기세만 봐도 알 수 있었다. 정면에 위치한 서른의 마족이 최상급이라는 것을 말이다. 그 뒤에 따라붙는 마족 전원이 상급이라는 사실도 알 수 있었다.

"뭐, 뭐냐, 저거?"

성민우가 옆에서 멍하니 중얼거렸다.

그 말에 정신을 차린 무혁. 다급히 소환수를 불러냈다.

후우웅.

바람과 함께 스켈레톤 대군이 등장했다.

데스 스켈레톤 소환. 일부를 희생하여 데스 스켈레톤 500여 마리를 불러내니 그것만으로도 듬직했다. 하지만 이들만으로는 막아낼 수 없었다.

소환수 흡수를 써야 하나?

이내 고개를 젓는다. 적의 숫자가 적지 않았다.

단기간에 큰 힘을 보여주어 얼마간의 피해는 줄 수 있겠지만 확실하게 쓰러뜨릴 수 있다는 보장이 없었다.

그렇다면 일단은 힘을 비축하는 게 나을 것 같았다. 지금까지 꾸준히 성장한 유저들이 뒤를 받쳐주고 있기에 할 수 있는 생각이었다.

"전투 준비!"

무혁은 크게 외쳤고 그에 유저들이 각자의 무기를 강하게 쥐었다.

쿠르르릉!

마치 자연재해라도 되는 것처럼 마족들은 마기를 풀풀 풍기며 거리를 좁혀왔다. 그 속도도 놀라울 정도였다.

그러나 유저들은 이미 무혁의 명령으로 준비를 마친 상태였다.

"공격!"

스킬을 난사했다.

쿠우우우웅!

무수한 색채가 하늘을 수놓았다.

비처럼 쏟아지는 파괴적인 힘. 그러나 270명의 상급 마족, 그리고 서른의 최상급 마족이 동시에 내뿜은 마기에 바스러졌다. 스킬을 휩쓸어 버린 마기의 바람이 거친 태풍이 되어 날아들었다.

쿠구구궁.

바닥에서 모레와 돌멩이가 하늘로 떠올랐다. 지면이 일그러지고 어긋나면서 거대한 흔들림이 찾아왔다. 비틀거리면서도 유저들은 긴장하며 날아들 마기의 바람을 대비했다. 이윽고 머리 위를 빼곡하게 메운 마기가 아래로 툭, 하고 떨어졌다.

"실드!"

"윈드 스피어!"

"파이어 볼!"

"실피드, 날려 버려!"

누군가는 보호막을, 누군가는 공격을 시도했다. 무수한 스킬이 하늘 위로 솟구쳤지만, 마기의 덩어리는 잠깐 움찔거릴 뿐, 다시 아래로 내리꽂혔다.

조금씩, 조금씩.

공격을 퍼붓던 이들도 서서히 태세를 변환했다.

"철벽!"

"스톤 스페이스!"

하나같이 방어기를 펼쳤다. 가장 높은 곳에 위치한 새하얀 막으로 마기의 구름이 닿았다.

스스슥.

타는 듯한 소리가 들렸다. 새하얀 막은 녹아내렸지만 그 아래로 비슷한 능력을 지닌 보호막이 무수하게도 많았다.

그 덕분일까. 마기의 구름이 내려서지 못하고 멈췄다.

"오오……!"

"막았어!"

정확하게는 막아내는 중이었다.

그러나 마족들이 바보인가. 마기의 바람을 날려 보낸 후 그들은 빠르게 거리를 좁히는 중이었다. 대다수의 유저가 마기의 바람을 막으려 그들에게서 시선을 떼어낸 덕분에 큰 방해 없이 지척에 도달했다. 사방으로 퍼지면서 거대한 반원을 그렸다. 숫자는 유저가 훨씬 많았지만 풍겨오는 기세는 마족이 우세했다.

"죽여라."

"예!"

바르테의 명령이 떨어졌다. 마족이 앞으로 다가왔다. 그때까지도 가만히 지켜만 보던 무혁이 그제야 지시를 내렸다.

"오발루트!"

"예!"

"왼쪽을 막아라!"

"최선을 다하겠습니다!"

마계 군단장 오발루트가 휘하 마족을 끌고 나아갔다.

"백호세가! 오른쪽을 맡아라!"

"알겠습니다!"

백호운을 비롯하여 장로와 호법, 그리고 세가원이 나아갔다. 한결 편안해진 표정의 그들의 전력은 이곳에서 최강이리라.

"우리는 중앙으로 가자고."

"오케이!"

"울프 부탁할게."

정령과 울프, 그리고 무혁의 스켈레톤이 전방에 위치했다. 그 외에도 다른 유저들이 불러낸 소환수가 무혁의 앞을 지켜줬다.

스윽.

덕분에 여유롭게 화살을 시위에 걸 수 있었다.

풍폭, 파천궁술 제2초식……!

소환수 흡수를 쓰지 않았기에 최상급 마족을 죽이는 건 어려웠다.

상급부터 처치해야겠어.

반월로 퍼진 상급 마족을 노렸다.

팡, 파바바방!

엄청난 속도로 쏘아진 화살.

"음?"

상급 마족 한 놈이 비릿하게 웃었다. 자신에게 날아오는 화살의 힘을 제대로 파악하지도 못했으나 인간이라는 이유만으로 방심했다. 가볍게 휘두른 손. 손톱과 화살이 닿는 순간 거친 쇳소리가 퍼졌고 손톱은 허망하게 부서졌다.

"헙……!"

급히 몸을 틀었으나 화살은 이미 놈의 목에 박혔다.

[크리티컬이 터집니다.]×7

그것도 무려 일곱 대나.

결과는? 당연히 즉사했다.

좌, 우측에 있던 상급 마족 둘의 표정이 순간 굳었다.

"강한 인간이다! 화살을 조심해라!"

그들을 이끌던 조장이 외쳤다. 그러나 즉사하는 동료를 보지 못한 상급 마족은 그 말을 한 귀로 흘렸다.

파바바방!

이어진 화살에 한 놈씩, 죽어갔다.

"화살을 조심하라지 않았나!"

그제야 모두 표정이 바뀌었다. 화살 공격을 제대로 버텨내는 동료가 없었다. 모두가 제대로 된 대응조차 하지 못한 채 죽어버렸다. 살아남은 상급 마족도 중상을 입어 뒤로 밀려났다.

"화살을 경계하라!"

믿기 어려웠지만 현실이었다. 그러나 안다고 달라질까.

파바바바방!

일곱 대의 화살이 다시 한번 상급 마족을 노렸고.

"크읍……!"

전력으로 막아냈음에도 큰 상처를 입었다.

"비켜!"

우측에 있던 상급 마족이 동료의 앞을 가로막으며 양손을 내뻗었다. 앞으로 쏘아나간 강력한 마기가 날아드는 화살과 부딪혔다.

콰아아앙!

폭발과 함께 화살이 튕겨 나갔다.

"겨우 이 정도 공격을 못 막……."

그 순간 솟구친 먼지를 뚫고 화살이 지척에 도달했다.

푸욱.

눈에 제대로 꽂혔다.

[크리티컬이 터집니다.]

역시나 즉사였다.

"저, 저런……!"

심각성을 느낀 단장, 바르테가 가장 선두에 나섰다.

"거리를 좁힌다!"

"예!"

날아드는 화살이 눈에 담는다.

저기군!

바르테는 무혁의 화살을 제대로 파악했다. 강맹한 힘이 실린 화살이 날아드는 곳으로 이동해 앞을 막았다.

탁. 가볍게 화살의 몸체를 낚아챘다.

퍼엉!

풍폭이 터졌지만, 이 정도의 피해야 그에겐 미미한 수준이었다.

흐음.

그 모습을 확인한 무혁이 희미하게 웃었다.

멀티샷을 날려 버린 것이다. 무수한 화살이 부채꼴 모양으로 퍼져 나갔다.

"감히……!"

최상급 마족은 미간을 찌푸리며 마기를 퍼뜨렸다. 마치 살아 있는 것처럼 퍼지던 마기는 거미줄의 형상을 이루더니 날아드는 모든 공격을 가둬 버렸다. 어이가 없는 것은 스킬이 터지지 않았다는 점이었다. 거미줄에 붙잡힌 먹이처럼, 스킬은 아직도 남아 힘을 떨쳐댔다.

그 순간 거미줄이 슬쩍 흔들리더니 반동을 줬다.

투웅.

붙잡혀 있던 스킬이 앞을 가로막는 소환수를 뛰어넘어 인간들에게로 날아갔다.

생각지도 못해서, 그런 공격이라 대응이 조금 늦었다.

콰아아앙!

본인들의 스킬에 당해 버렸다.

"이런 개 같은!"

"뭐야, 저 미친 스킬은!"

붉은 전투단의 장, 바르테. 그가 걸음을 내디뎠다.

앞을 가로막는 무수한 소환수들을 가볍게 망가뜨렸다.

카각!

물론 예외는 있었다.

"흐음?"

아머나이트 세 마리가 방패로 공격을 버텨냈다.

"허, 해골이 내 공격을 막아?"

꽤나 재밌다는 생각과 동시에 화가 치밀었다.

"이것도 막아보아라."

이번에는 제대로 마기를 뿜었다.

콰아아아앙!

방패로 막았음에도 불구하고 아머나이트 세 마리의 신체가 부서졌다. 한 놈은 역소환이 되었고 두 놈은 여파에만 휩쓸린 덕분에 아직은 견뎌냈다. 그리고 빈 공간을 동일한 생김새의 아머나이트가 막아섰다.

꿈틀.

바르테의 미간이 좁혀졌다. 짜증과 더불어 힘이 한층 더 들어간 채 마기를 날렸다.

콰아아아앙!

이번에는 세 마리의 아머나이트 전부가 박살 났다.

스슥.

하지만 달라지는 건 없었다. 또 다른 스켈레톤이 길을 채웠으니까.

합체된 빅 스켈레톤 두 마리. 거기에 포이즌 오우거까지.

셋이 다시 한번 바르테의 앞을 막았다.

"재미는 여기까지다."

바르테가 앞으로 나아가며 폭풍 같은 마기를 떨쳤다. 그 파괴적인 힘이 손에 실리더니 손톱이 검은빛으로 물들었다. 휘둘러진 손톱은 합체된 빅 스켈레톤 한 마리를 깔끔하게 반으로 잘라 버렸다. 거기서 그치지 않고 우측에 위치한 또 다른 빅 스켈레톤까지 죽였다. 그에 몸을 비튼 포이즌 오우거가 양팔을 교차했다.

카가가각!

팔뚝을 깊게 파고든 손톱. 그러나 베어내진 못했다. 포이즌 오우거의 방어력과 HP가 상당했기에 한 번의 공격으로는 죽이지 못한 것이다.

"이, 뼈다귀 새끼들이!"

그제야 분노했다. 창피함에 얼굴이 붉어졌다.

"으아아아아아!"

온몸에서 마기가 스멀거리며 피어올랐다.

카각, 카가각!

두 번이나 더 휘둘러 포이즌 오우거를 처리했다.

"꺼져라!"

앞으로 나아가면서 보잘것없는 다른 유저들의 소환수를 가볍게 짓이겨버렸으나 본 드레이크에게 또 한 번 막히고 말았다.

본 드레이크는 포이즌 오우거와도 격이 다른 존재였다. 상급 마족 한 놈을 쉽사리 몰아붙일 수 있을 정도로 성장했기에 가볍게 처리할 수 있는 상대가 아니었다.

자이언트 대시.

본 드레이크가 지면을 찼다. 매서운 속도로 부딪혔다.

"허, 그래 봐야 뼈다귀인 것을!"

양손을 내민 바르테의 앞에 검은 장막이 생겨났다. 거기에 부딪힌 본 드레이크가 허망하게 뒤로 튕겨졌다. 본 드레이크에게 따라붙어 공격하려는 바르테에게 무혁의 화살이 날아들었다.

"감히!"

자리에 멈춰 장막을 펼쳤다. 역시나 장막에 막혔지만, 화살은 한 대가 아니었다.

파바바바방!

뒤이어 균형을 찾은 본 드레이크가 본 스피어를 날렸다. 주변에 있던 데스 스켈레톤 두 마리가 접근하여 자폭까지 했다. 기마궁수와 메이지의 마법은 상급 마족을 처치하는 데 유용했기에 굳이 바르테에게 낭비하지는 않았다.

이것만으로도 충분했다.

휘하의 마족과 백호세가원. 그리고 유저들이 상급 마족을 처치하는 동안 잠시라도 지휘관이라고 할 수 있는 바르테를 잡아둔다면, 그것만으로도 넘칠 정도의 이득이었으니까.

물론 다른 최상급 마족의 활약이 두드러지긴 했지만, 그 부분은 무혁이 화살로 최대한 견제를 하는 중이었다.

스팟.

그때 바르테가 장막을 거둬들이더니 쏜살같이 튀어나갔다.

잠깐 한눈을 판 사이의 일이었다. 공격할 기회를 놓쳤기에 다른 방법을 찾아야만 했다. 만약을 대비하여 본 드레이크의 뒤쪽에 세워둔 부르탄을 지휘했다.

기파가 부채꼴 모양으로 퍼져 나갔다.

거기에 휩쓸린 바르테.

놈이 휘청거리는 틈을 타서 다시 화살을 날렸다.

"이 빌어먹을 새끼들!"

바르테의 분노 어린 포효가 울려 퍼졌다. 포효를 지른 후 눈에 마기를 집중시켰다.

뼈다귀로 이뤄진 소환수의 구조. 발생할 수밖에 없는 아주 작은 틈을 헤집고 들어간 시야가 한참이나 뒤에 위치한 무혁을 정확하게 잡아낸다.

그래, 너구나.

저 인간이 무법도시를 장악한 놈일 터.

너부터 죽여야겠다.

결심을 내리는 순간, 드레이크가 크게 입을 벌렸다.

본 브레스!

독성 물질로 이뤄진 날카로운 뼈를 날려 보낸 것이다.

파바바밧!

그에 바르테가 다시금 장막을 펼쳤다.

퉁, 투두두둥.

뼈는 가볍게 막았지만 거기에 깃든 독성 물질까지 막은 건 아니었다. 장막을 거둬들인 바르테의 표정이 순간 굳어졌다. 독성이 생각보다 강하게 얽혀 버리면서 타격이 온 까닭이었다. 다급히 마기를 끌어 올려 독성 물질을 태워 버리려고 했지만 본 드레이크와 무혁이 바보처럼 그걸 지켜만 보고 있을 이유가 없었다.

계속되는 견제. 솟구치는 짜증.

농락이 심했던 걸까. 바르테가 허공으로 마기를 뿜어버렸다.

그에 시선이 집중되었고.

"각 조장은 이곳으로 모여라!"

최상급 마족을 한 곳으로 끌어모았다.

바르테. 그도 계획을 바꾼 것이다.

본래는 단번에 밀어붙이려고 했다. 그럴 자신도 있었고.

그런데 막상 붙으니 그게 아니었다. 의외로 까다로웠다. 그러니 방향을 틀 수밖에.

상급 마족이 포위망을 구축하여 공격을 감당하고 있는 사이, 전력을 한 곳으로 집중시켜 무법 도시를 장악한 저 인간을 먼저 처리하기로 결정을 내린 것이다.

"그래, 이야기는 들었었지만……!"

이 정도로 귀찮을 줄이야.

바르테는 상급 마족을 모두 희생시킬 각오까지 했다.

대신, 너를 비롯하여……!

주축이 되는 전력을 모두 쓸어버린 후 나머지 떨거지를 정리하기로 결정했다.

스스슥.

어느새 스물아홉의 최상급 마족이 좌, 우측. 그리고 후방에 위치했다. 마치 바르테를 호위하듯이 말이다. 모두 모이길 기다렸다는 듯 바르테가 손가락 하나를 튕겼다. 날카로운 마기의 실이 날아가 무혁에게 닿았다.

[마기의 실에 적중됩니다.]

[전신에서 은은한 마기가 피어오릅니다.]

떠오른 내용에 무혁이 고개를 갸웃거렸다.

뭐야, 이건?

피해는 없었는데 그래서 의아했다.

그 순간 시선이 느껴졌다.

"아……."

바르테를 비롯하여 주변에 모여 있던 최상급 마족 전원의 시선이 느껴진 것이다. 단지 그것뿐이었음에도 거대한 압도감을 느꼈다.

"놈을 죽여라!"

뒤이어 스물아홉의 최상급 마족이 정면으로 돌파해 왔다.

그 끝에, 무혁이 있었다.

오발루트와 코르크, 보쿠마. 그리고 백호운과 호법, 장로. 전투에 열중하던 그들 모두가 걱정스러운 표정으로 돌아봤다.

무혁은 고개를 저었다. 오지 말라는 뜻이었다.

버티기만 하면 돼.

무혁이 당하기 전에 저들이 상급 마족을 처리한다면. 그렇게만 해준다면. 이번 싸움은 반드시 이길 수 있을 터.

물론 다른 방법도 있다. 저들에게 최상급 마족을 맡기는 것. 그 사이 무혁이 상급 마족을 전부 처리하는 게 더 수월하리라. 하지만 저들은 목숨이 하나인 NPC였다. 마족도, 백호세가원도 전부. 한 번 죽으면 그것으로 끝인 것이다.

유저들에게 맡긴다?

물론 유저는 죽어도 살아나니 상관은 없다. 하지만 그렇게 되면 유저도 깨닫게 될 것이다. 위험한 상황에서는 무혁도 결국 유저를 희생양으로 삼는다는 것을 말이다. 이런 자극적인 내용이라면 반드시 소문이 날 수밖에 없다.

유저가 줄어들겠지.

모이는 숫자가 턱없이 부족하게 될 터. 앞으로의 싸움이 힘겨워지는 것이다. 결국 여러 가지 수를 생각해봐도 방법은 지금 무혁이 택한 게 최선이었다. 홀로 최상급 마족 서른의 공격을 감당하는 것.

"후우, 그래. 와라……!"

이젠 전력을 다할 때가 되었음을 직감했다.

하지만 조금만 더. 1초라도 더 늦게 소환수 흡수를 써야만 했다.

버텨라, 조금만 더.

스켈레톤들을 지휘하며 천천히 뒤로 물러났다.

스윽, 파앙!

화살을 꾸준하게 날리면서 MP를 체크했다.

꽤 차오른 상태. 남은 스켈레톤 일부를 희생하여 데스 스켈레톤 350마리를 불러냈다. 곧바로 MP 물약을 마셔서 회복한 후 다시 데스 스켈레톤 800마리를 불렀다. 아직 살아남은 데스 스켈레톤 200여 마리를 감안한다면 총 1,350마리나 어마어마한 숫자였다.

그 전부를 후방으로 물린 뒤 상황을 파악했다.

아직은 괜찮아.

타 유저들의 소환수가 녹아가곤 있지만, 숫자가 적지 않았다. 충분히 시간을 끌어주는 상태였다. 게다가 본 드레이크도 몸을 최대한 사리면서 버텨내는 중이었고.

좋아, 조금만 더.

MP 물약을 하나 더 마신 후 800마리를 더 불러냈다. 희생되는 스켈레톤은 아머나이트와 아머기마병 절반. 서둘러 MP물약을 하나 더 마시고 또다시 800마리를 불렀다. 이번에는 아머메이지와 기마궁수의 절반을 희생시켰다.

무려 2,950마리. 말도 안 되는 물량이었다.

끝이 아니었다. 본 드레이크를 비롯하여 남은 전부를 희생시켜 데스 스켈레톤을 강화시켰다.

그리고 빠르게 버프 마법을 걸어줬다.

"지연아!"

"네, 오빠!"

대기하던 김지연이 데스 스켈레톤을 지정하여 범위 버프를 사용했다. 다시 한번 스탯이 증가했다. 그제야 무혁은 만족스러운 표정으로 스킬을 사용했다.

소환수 흡수. 데스 스켈레톤 2,950마리와 만약을 대비하여 끝까지 남겨놓은 스켈레톤 신관 몇 마리의 스탯 일부가 전이된다.

후우우우우웅.

어마어마한 바람이 불어왔다. 그 바람은 무혁에게로 날아와 그의 것이 되었다. 무엇이든 쓸어버릴 거대한 태풍이 터져버릴 것처럼 전신을 자극했다.

"후아……."

10분이라는 제한은 있으나 확신할 수 있었다.

버틴다. 아니……!

힘이 들어오니 생각이 바뀌었다.

쓸어버린다.

최상급 마족이 몇 마리가 되었건 개의치 않기로 말이다. 지금은 그럴 자격이 있었으니까.

어디, 그럼…….

가볍게 지면을 밀어냈다. 공간 자체가 축약된 느낌이었다.

"하, 하하……."

솔직히 이 정도까지 긁어모아 소환수 흡수를 쓴 적은 없었다. 이번에 사용한 MP 물약만 몇 개던가.

진화를 거친 스켈레톤을 희생시킨 적도 없었다. 그러니 이런 말도 안 되는 스탯을 지니게 되는 것도 가능해진 것이리라.

진짜 사기라니까.

본인의 스킬임에도 일순 고개가 저어질 정도였다.

잡념은 여기까지. 고개를 들어 코앞에 위치한 최상급 마족 한 놈에게 검을 내리그었다.

풍폭, 십자베기.

거대한 폭음과 함께 놈이 주저앉았다.

"크어으읍……!"

좌측에 있던 최상급 마족이 손을 휘둘러왔다. 몸을 낮추며 공격을 피함과 동시에 검을 횡으로 그었다. 마치 큰 원을 그리듯이. 주변을 포위하려고 움직이던 몇 놈이 놀라며 뒤로 물러섰다. 움직임을 멈추고 균형을 찾자마자 바닥에 쓰러진 채 꿈틀거리는 최상급 마족을 다시 공격했다.

[군주 포인트를 획득합니다.]

[최상급 마족 처치(1/1)]

다시금 다가서는 최상급 마족들.

무시할 기세는 아니었다. 무혁이 압도적으로 강해졌다고 해도 말이다.

무슨 기술을 쓸까.

백호검법 제2초식, 백호파.

빛이 되어 최상급 마족을 휩쓸었다.

퍼버버버벅.

내려선 곳은 처음과는 동떨어진 위치였다. 최상급 마족이 뭉쳐 있는 끄트머리라고 볼 수 있었다. 그곳에서 정면을 응시하니 최상급 마족은 세 줄 정도로 늘어선 상태였다. 반원 모양으로 포위되어 있을 때보다 한결 어깨가 가벼워졌다.

공격하기에도 좋지.

뒤쪽에 위치한 최상급 마족이 움직인다.

사방으로 퍼지며 달려온다.

무혁은 비릿하게 웃으며 앞에 위치한 두 놈을 과격하게 공격했다. 검날이 어지러이 움직이며 둘에게 충분한 상처를 입혔다. 마무리를 지으려는 찰나, 거대한 마기의 거미줄이 날아들어 앞을 가로막았다.

붉은 전투단장, 바르테의 기술이었다.

사정거리가 꽤 기네.

기술을 쓴 채로 달려오는 놈을 바라보면서도 무혁은 물러나지 않았다. 눈앞에서 골골거리는 둘을 놓칠 생각이 없었던 것이다. 물론 이미 주변에 있던 다른 최상급 마족이 막아선 상태였으나 개의치 않았다.

풍폭, 파괴자의 돌진.

정면으로 들이받아 마기의 거미줄을 흔들었다.

안 깨져?

스킬을 연이어 사용했다.

캉, 카가강!

먹이를 잡아먹듯, 스킬을 묶어버리는 마기의 거미줄이었기에 없애버리는 건 쉽지 않았다. 그러나 MP를 강제로 소모하여 백호검법을 연이어 날려 버리니 그 강대한 힘에 마기의 거미줄이 흔들리기 시작했다.

순간 바르테의 미간이 찌푸려졌다.

탁.

손가락을 튕겨내는 순간 막이 흔들거렸다.

무혁이 쏟아낸 공격이 돌아온 것이다.

덕분에 마기의 거미줄은 형체를 잃었다.

지금……!

백호검법 2초식을 사용했다. 빛이 되어 모든 공격을 회피한 후 길을 가로막는 최상급 마족을 뛰어넘었다. 상처 입은 두 녀석을 강제로 타격했다. 이미 중상이었던 터라 무혁의 공격을 버텨낼 수 없었다.

[군주 포인트를 획득합니다.]×2

[최상급 마족 처치(1/1)]×2

스킬이 끝나고, 바닥에 내려섰다.

스킬을 다시 사용하기까지 걸리는 찰나의 순간.

"도망치지 못하게 잡아라!"

최상급 마족들의 마기가 무혁을 뒤덮었다.

풍폭, 백호검법 제2초식……!

급히 탈출하려고 했지만 무리였다.

[마기가 전신을 옭아매어 스킬 사용이 일시적으로 중단됩니다.]

당황한 건 사실이었다.

하필이면……!

그러나 침착하려 애썼다.

후, 별수 없지. 벗어날 수 없다면 일단은 이 공간에서 어울려주는 수밖에.

지진!

바닥에 크게 흔들리더니 날카로운 돌이 솟구쳤다.

쿠그그그!

데미지도 무시할 수 없었으나 가장 큰 문제는 균형을 잡기가 어렵다는 점이었다. 무혁을 공격하려다가도 비틀거리는 탓에 궤도가 틀어졌다. 당연히 동료가 그 공격을 막아내야만 하는 상황에 이르렀다.

후읍!

그 틈에서 무혁은 고고하게 움직였다.

발목, 무릎, 허벅지, 옆구리.

가리지 않고 공격을 성공시켰다.

모든 움직임이 보였다. 다만 숫자가 너무 많아 공간이 제약될 뿐.

그 순간 바르테가 도착했다. 마기의 거미줄이 하늘에서 내려왔다.

"물러나라!"

멍청하게 당해줄 생각은 없었다. 한 발을 앞으로 강하게 내디뎠다.

콰드득.

전력으로 달려 나갔다. 스킬이 아닌 순수한 스탯의 힘이었다.

쿠웅!

한 놈을 밀쳐낸 뒤 놈을 앞으로 던져 버렸다. 내려서던 마기의 거미줄에 놈이 붙잡혔다. 바르테는 일그러진 표정과 함께 손가락을 튕겼다. 잡혀 있던 최상급 마족이 바닥에 떨어졌다. 그사이 무혁은 강제적으로 포위망을 뚫어버렸다. 그제야 신체를 억누르던 마기의 힘이 약해졌다.

검을 넣고 활을 꺼냈다.

멀티샷. 무수한 화살이 부채꼴 모양으로 퍼졌다.

소환수 흡수로 인해 한 발 한 발이 파괴적이었다.

카가각!

막아내거나, 혹은 피해야만 했다. 그 사이 다음 공격을 준비했다.

풍폭, 파천궁술 제3초식, 파천사.

거대한 힘이 실린 한 대의 화살이 내리꽂혔다. 마치 미사일 폭격이라도 당한 듯, 거대한 구멍이 생겨났다. 그곳에 위치하고 있던 최상급 마족 셋 중에서 한 놈이 즉사했다. 둘은 다행히 살아났으나 상처가 깊었다.

풍폭, 파천궁술 제3초식……!

다시 한번 사용했다. 그러나 이번에는 바르테가 막아냈다.

"정말 까다롭구나."

짧은 전투로 넷이 희생되었다.

상급도 아닌 최상급 마족이 무려 넷.

"인정한다, 무서울 정도로 강하군. 하지만……."

바르테의 눈빛이 가라앉았다. 직후 남은 최상급 마족들의 마기가 바르테에게 집중되었다.

"이건 피할 수 없을 거다."

놈이 손가락을 튕겼다. 바르테에게서 시작된 마기가 하늘로 솟구쳤다. 그리고 모든 것을 뒤덮었다. 결코 피할 수 없을 거대한 규모의 마기 거미줄이 생성된 것이다.

천천히 하강하는 그것.

무혁은 급히 이리저리 움직여봤지만 어디로 이동하더라도 마기의 거미줄을 벗어날 수 없음을 깨달았다.

너무 넓잖아……!

그 순간 마기의 거미줄 범위가 살짝 줄어들었다. 대신 속도가 빨라졌다.

잠시 기다리니 점점 더 빠르게 떨어졌다.

오직 한 사람. 무혁만을 노린 채로 말이다.

아무래도 바르테가 조정하는 모양이었다.

하지만……!

크기는 충분히 작아졌다. 본래는 속도가 느린 대신 범위가 넓던가. 빠른 대신에 범위가 좁던가.

둘 중에 하나였지만 지금은 최상급 마족 다수의 도움을 받은 탓에 범위가 넓으면서도 속도가 빠르다는 게 문제였다.

차분하게 기다렸다. 상황을 냉정하게 분석했다.

움직이진 못하는군.

다른 최상급 마족도 바르테에게 마기를 전해주고 있었기에 함부로 움직이지 못하는 상황이었다. 그렇다면 저들의 추가적인 공격은 없으리라. 그렇다고 경계심을 풀지는 않았다. 주의를 유지한 채로 움직여봤다.

윈드스텝!

빠르게 움직이면서 살펴보니 마기의 거미줄 역시 움직이고 있었다. 그것도 무혁과 같은 속도로.

유도 기능인가?

급히 방향을 틀어도 봤다. 역시 마찬가지였다.

거미줄은 무혁을 쫓아오고 있었다.

"으음."

슬쩍 고개를 돌리니 치열하게 싸우는 아군과 상급 마족이 보였다. 무혁은 눈을 반짝이며 그곳으로 나아갔다.

어느새 상급 마족 다수가 위치한 곳에 진입했다. 저들이 움직이지 못하고 있을 때 공격을 가해 숫자를 줄여나갔다.

"크아아악!"

"커헉……!"

사실 가장 좋은 건 지금 최상급 마족을 줄이는 것이지만. 만약이라는 게 있었다. 포위되는 순간 다시금 스킬이 억압되면 난감해질 게 분명했다. 해서 위험부담이 적은 상급 마족을 죽이기로 한 것이다.

"무혁 님이다!"

"우오오오!"

"쓸어버리자고!"

그들 역시 하늘이 어두워진 건 알고 있었다. 마기의 거미줄이 생성된 것도. 그렇지만 두려움 없이 상급 마족을 밀어붙였다.

파바바바밧!

무혁도 대략 열 놈을 처리했을 무렵, 드디어 마기의 거미줄이 근처에까지 떨어졌다. 여전히 앞을 가로막는 상급 마족을 공격하면서 완벽한 타이밍을 기다렸다. 이윽고 닿을 것처럼 내려선 어둠의 거미줄을 확인하며 무혁은 스킬을 발동했다.

백호검법 제2초식, 백호파!

빛이 되어 상급 마족을 뚫고 넘어갔다. 그곳엔 아군이 없었다. 오직 상급 마족만이 있었다. 동시에 마기의 거미줄이 상급 마족을 덮어버렸다.

"으, 으윽……!"

"이건……!"

[마기의 거미줄에 붙잡힙니다.]

그 역시 잡혀 버리고 말았다.

[스탯이 높을수록, 그리고 과격하게 움직일수록 탈출이 빨라집니다.]
[남은 탈출시간 : 3분 37초]

메시지를 보자마자 힘을 줬다.
흐으으읍……!
이리저리 몸을 뒤틀어봤다.

[탈출시간(1.5초)이 줄어듭니다.]
[탈출시간(1.5초)이 줄어듭니다.]
[탈출시간…….]

생각보다 빠르긴 했지만 그래도 3분이 넘게 남았다. 이렇게 계속해서 몸을 움직여도 1분 이상은 붙잡혀 있을 게 분명했다.
그 시간이면……!
최상급 마족이 아군 대부분을 처리하기에 결코 부족하지 않으리라.
잠력격발!
끝내 아끼던 스킬을 사용했다.

[HP(30%)가 회복됩니다.]
[MP(30%)가 회복됩니다.]
[모든 능력치(15%)가 상승합니다.]

현재 상태에서의 15프로였다. 결코 무시할 수 없는 수준.
자연스럽게 남은 시간 역시 줄어들었다.

[남은 탈출시간 : 2분 35초]
[탈출시간(1.7초)이 줄어듭니다.]
[탈출시간(1.7초)이……]

몸을 뒤트는 것 역시 멈추지 않았다.

한편 마기의 거미줄이 무혁을 묶는 순간 바르테는 애매한 미소를 지었다.
예상은 했지만……!
부하들까지 거미줄에 묶인 모습을 보니 마음이 좋지는 않았다. 그러나 가장 까다로운 적을 묶었으니 승리가 확신되는 순간이기도 했다. 하지만 마기의 거미줄이 순간 크게 출렁이는 모습을 보며 절로 표정이 굳어갔다.
허어, 저게 무슨……!
급히 휘하 조장에게 지시를 내렸다.
"서둘러야겠다."

"예?"

"서둘러 나머지 인간을 처리하라."

"왜 그러십니까?"

"오래는 붙잡아두지 못할 것 같군."

이곳에 모인 최상급 마족 전부의 힘이 실린 마기의 거미줄이었다. 그럼에도 불구하고 오래 붙잡지 못하다니, 있을 수 없는 일이었다.

"그게 무슨 소리신지……."

"말 그대로다. 서둘러라!"

"아, 알겠습니다! 서둘러 놈들을 처리하라!"

"예!"

무혁에게 당하고 남은 나머지가 달려갔다.

유저들에게 난입한 놈들.

확실히 최상급 마족은 강했다. 과격했으나 파괴적이었다.

유저들이 죽어 나갔다.

"너무 세잖아……!"

"미친!"

"이걸 어쩌라고!"

그 순간 백호세가와 무혁에세 충성을 맹세한 상급, 최상급 마족들이 그들을 포위했다. 다른 상급 마족이야 유저들이 상대할 만했고, 대부분은 마기의 거미줄에 묶인 터라 신경 쓰지 않아도 되었다.

"물러서시오!"

백호운의 일갈에 유저들이 뒤로 후퇴했다.

붉은 전투단장 보르테. 그리고 최상급 마족 스물다섯. 상대해야 할 적의 숫자였다.

반면 백호세가에서 최상급 마족을 상대로 버텨낼 수 있는 자들은 호법, 장로, 가주까지 하여 총 일곱에 불과했다. 세가원 중에서 실력이 뛰어난 이들이 검진을 펼친다면 스물이 한 놈을 상대로 어떻게든 버텨낼 순 있으리라.

대략 넷. 11명을 맡을 수 있는 전력이었다.

이기는 게 아니라. 단지 버텨내는 것뿐이지만 그것만으로도 대단한 일이었다.

스윽.

백호운이 고개를 돌려 동료 마족을 확인했다.

최상급이 다섯. 상급이 서른.

셋에서 넷이 조를 이룬다면 버텨내는 건 가능했다.

조금 부족하긴 한데……!

중, 하급 마족과 인간들이 거리를 두고 있었지만 언제든 도움을 줄 수가 있는 상태였다.

그저 지켜만 보고 있지는 않으리라. 그렇다면 가능성은 충분했다.

어떻게든 되겠군.

판단을 내린 백호운이 외쳤다.

"이길 생각은 말아라! 버텨라, 무조건 버텨라!"

뒤이어 오발루트 역시 마찬가지의 지시를 내렸다.

백호운과 오발루트. 둘이 서로를 바라보며 고개를 끄덕였다. 지금은 등을 맡길 동료였으니까.

그들에게로 최상급 마족이 달려들었다.

"오랜만에 제대로 손이나 맞춰보자고."

"죽지나 마라."

"크흐. 누가 할 소리를!"

코르크와 보쿠마. 둘은 서로를 바라보며 히죽, 웃었다.

마침 지척에 도착한 한 놈. 최상급이었으나 둘은 두려움 없이 좌, 우측으로 움직이며 각자의 무기를 휘둘렀다. 마치 한 몸인 것처럼, 둘의 공격은 동시에 이뤄졌다.

카가각!

그러나 상대하는 최상급 마족은 아무렇지도 않다는 듯 양손으로 공격을 막아냄과 동시에 반격을 가했다. 순식간에 길어진 손톱, 거기에 실린 강한 기운이 날아들었다. 코르크는 지면을 구르듯이 피했고 보쿠마는 뛰어오르면서 피했다.

위쪽, 그리고 아래. 허공과 지면에서 둘은 절묘한 수로 최상급 마족을 압박했다. 최상급 마족은 미간을 크게 찌푸리며 황급히 반격을 시도했던 손을 거뒀다. 뒤로 물러나면서 손을 위에서 아래로 크게 그었다. 허공과 지면, 둘 모두에 영향을 주기 위함이었다.

쫓아온다면……! 한 수로 목을 갈라 버리리라.

타악.

그러나 보쿠마와 코르크는 공격이 실패했음에도 그저 자리를 지킬 뿐이었다.

그들의 목적은 하나. 버텨내는 것이었으니까.

"크윽. 간이 배 밖으로 튀어나왔구나. 상급 마족 주제에!"

"어쩌라고, 그래서."

"뭐라……?"

"입으로만 나불대지 말고 실력을 보이던가."

"이놈이!"

최상급 마족이 달려들었다. 공세는 무서웠으나 흥분으로 인해 동작이 커졌다.

"엥? 뭐야?"

게다가 마기가 생각보다 강하지 않았다. 아마도 마기의 거미줄을 생성하기 위해 소모한 마기가 상당한 탓이리라.

"흐흐."

버거웠으나 죽을 정도는 아니었다. 그에 코르크가 히죽거리며 웃었다.

"이거, 생각보다 약하잖아."

도발도 서슴지 않았다.

"감히!"

놈의 공격이 확실히 거세어졌다.

크읍……!

충격에 속이 울렁거릴 정도였다. 그러나 버텨낼 수 있었다. 한 곳에만 공격이 집중되지 않은 덕분이었다.

"흐, 흐흐흐!"

도발은 잘 먹혀들었다. 하지만 속은 이미 엉망이었다.

젠장, 힘들잖아!

이대로라면 죽을지도 몰랐다.

미치겠군!

이제 와서 물러설 수도 없었다. 그리하는 순간 눈앞에 있는 최상급 마족은 기회를 잡았다는 듯, 더욱 거세게 공격할 게 분명했으니까.

버티자, 버텨!

보쿠마와 코르크는 서로를 의지하며 의지를 다졌다.

"크……!"

그러나 상처는 점점 더 심해졌다.

[남은 탈출시간 : 6초]

[탈출시간(1.7초)이 줄어듭니다.]

[탈출시간(1.7초)이…….]

[마기의 거미줄에서 풀렸습니다.]

바닥에 내려서자마자 눈을 빛내며 상황을 파악했다.

아직은 괜찮아.

최상급 마족을 상대로 동료들이 잘 버텨내고 있었다.

그렇다면……!

몸을 돌려 거미줄에 갇힌 상급 마족을 쳐다봤다.

운이 좋았어.

그야말로 절호의 기회였다.

풍폭, 백호검법 제3초식……!

스킬을 사용해 아무것도 하지 못하고 있는 상급 마족을 죽여 나갔다. 반월 모양의 검기였기에 스킬 하나에 다수의 상급 마족이 상처를 입었다.

백호참!

연속으로 백호참을 날려 열 명이 넘는 상급 마족을 죽였다. 엄청난 경험치의 상승과 더불어 퀘스트가 클리어되었다.

당연히 군주 포인트 역시 대량으로 획득했고 말이다.

"좋은데?"

미소와 함께 검을 계속해서 휘둘렀다. MP가 엄청난 속도로 줄어들었다. 그러나 소환수 흡수와 잠력 격발로 모든 스탯이 크게 증가한 상태였기에 충분히 감당할 수 있는 수준이었다.

회복력도 좋으니까.

부담 없이 3초식 백호참을 사용했다.

쾅, 콰앙! 콰아아앙!

30초도 되지 않아 백이 넘는 상급 마족을 죽였다. 나머지 상급 마족 역시 깔끔하게 정리한 뒤에 방향을 틀었다.

흐음.

가장 위험해 보이는 곳이 어디인지 살폈다.

백호세가원부터.

최상급 마족을 맡고 있는 세가원 25명.

카강, 카가가각!

그들은 검진을 형성하여 최상급 마족을 상대했으나 한 명씩 상처를 입으면서 점차 버거워지고 있었다. 지금은 열 명 정도가 중상을 입어 검진을 형성하는 것 자체가 힘들었다.

"크윽, 버텨라. 조금만 더……!"

그때 뒤에서 지켜보던 유저가 도움을 줬다.

공격을 시도했고 누군가는 보호 마법을 쳐줬다.

"할 수 있다!"

"버텨어어어어어!"

하지만 그 모든 것을 뚫어낸 최상급 마족의 공격이 결국 검진 자체를 뒤흔들었다.

"크아아악!"

"커헉!"

다섯이 뒤로 날아갔다. 검진 역시 풀렸고.

남은 이들 역시 후들거리는 다리를 부여잡았다.

"제기랄……."

최상급 마족이 인상을 쓰며 다가왔다.

"빌어먹을, 정말 귀찮게 하는군!"

그때 강력한 바람이 불어와 그를 가격했다.

콰아아아앙!

무혁이 날린 한 대의 화살이었다. 화살 공격을 맞은 최상급 마족이 비틀거리며 물러났다.

"크읍……!"

그 앞으로 무혁이 당도했다.

"죽어라."

무심히 중얼거리며 검을 그었다.

서걱.

이미 상당한 피해를 입은 터라 HP가 많지 않았던 상태였다. 거기에 무혁의 화살을 맞고 또다시 공격을 당하면서 목숨을 잃고 말았다.

[군주 포인트를 획득합니다.]

[최상급 마족 처치(1/1)]

"괜찮아?"

"감사합니다!"

"몸부터 추슬러라."

"알겠습니다!"

말을 놓기로 해서일까. 무혁에게서 권위가 느껴졌다. 일종의 카리스마였다. 물론 본인 스스로는 맞지 않는 옷을 입은 것처럼 어색했지만 말이다.

"그럼……."

무혁은 세가원이 물러나는 것을 확인한 뒤에 바로 몸을 움직였다. 이번에도 역시 상태가 위험해 보이는 이들이 우선이었다. 빠르게 달려갔지만 아직은 거리가 꽤 멀었다. 황급히 시위에 활을 걸었다.

"쿨럭……!"

그 순간 코르크가 무릎을 꿇었다.

"하아, 하아……."

"정말 귀찮군. 이제 죽어라!"

최상급 마족이 손을 휘두르기 직전.

파앙!

무혁이 시위를 놓았다. 그 강한 힘에 최상급 마족은 흠칫하더니 황급히 몸을 비틀었다. 시야를 채우는 한 대의 화살을 바라보며 급히 양손을 그었다.

카가각!

화살과 손톱이 부딪혔으나 그 충격의 여파가 너무 강했다.

"크업……!"

최상급 마족이 한참이나 밀려났다. 그 사이 무혁이 코르크와 보쿠마의 사이에 위치했다.

"괜찮아?"

"주군!"

"후우, 감사합니다. 아직은 괜찮습니다."

"다행이네. 둘 다 물러나."

"예."

보쿠마가 코르크를 부축하여 데려갔다.

길게 시간을 끌 순 없었다. 다른 곳 역시 위험했기에.

윈드스텝.

놈에게 접근하여 백호검법을 사용했다.

“크아아아악!”

놈을 죽인 뒤 다른 곳으로 나아갔다.

“내가 맡는다!”

“감사합니다!”

무혁의 그런 행동은 거침이 없었다.

[군주 포인트…….]

움직일 때마다 최상급 마족이 한 놈씩 줄어들었다.

남은 시간은……? 5분인가.

잠력 격발은 3분가량이었다. 시간은 충분했다. 부지런히 움직인다면 상당한 숫자를 잡아낼 수 있으리라. 무엇보다 자력으로 마기의 거미줄에서 벗어난 터라 상급 마족은 전부 처리가 된 상태였다. 최상급 마족의 숫자가 많지만, 상황은 압도적으로 유리했다.

“거기 유저분들!”

“아, 네!”

“몇 놈 안 남았으니까 제대로 밀어붙입시다!”

“알겠어요, 무혁 님!”

“무혁 님이 밀어붙이자네요!”

“오오! 가자!”

“어서 끝내자고요!”

이제 휘하 마족과 백호세가원으로 버티는 것도 버거웠다. 내가 움직이는 것도 한계가 있고.

그러니 멍하니 바라보는 유저들의 도움이 필요했다.

"움직입시다!"

정신을 차린 유저들이 주도적으로 나섰다.

다행이네.

무혁은 한결 여유로워진 표정으로 지면을 밀어냈다.

파바밧.

도착한 곳은 백호세가의 장로의 측면이었다.

"제가 돕죠."

"아, 주군. 감사합니다. 그런데 말을 놓으십시오."

아무리 게임이라지만 나이가 지긋한 분에게 말을 놓기는 어려웠다. 일반 세가원이야 무혁과 나이가 비슷하거나 그보다 어렸기에 크게 껄끄럽지 않았던 것이고 말이다.

"공식적인 자리에서만 그렇게 하죠. 그게 편해서 그래요."

"알겠습니다."

삼장로, 백평원은 꽤나 지친 상태였다. 상처 역시 상당했고. 그럼에도 아무렇지도 않다는 듯 자세를 취하고 있었다. 무혁은 그의 앞을 막은 뒤 HP포션을 건넸다.

"드세요."

"아, 이건……."

"포션입니다. 상처부터 치료하세요."

"감사합니다……!"

그가 포션을 먹는 동안 무혁은 가만히 자리를 지켰다.
순식간에 상처가 아물었다.
"후우. 이제야 좀 살 만하군요."
"그럼 앞에 있는 녀석부터 처리하죠."
"알겠습니다."
곧바로 공격을 이어가는 백평원. 무혁은 그의 공격을 보조했다. 물론, 보조치고는 너무 강력했지만.
콰아아아앙!
최상급 마족이 충격에 비틀거렸다.
"역시 주군이십니다!"
백평원이 웃으며 검을 그었다. 백호검법이 펼쳐진 것이다. 날카로운 선이 그어지면서 최상급 마족의 손목을 그었다. 움찔하는 틈을 타서 놈의 측면으로 이동한 무혁이 옆구리를 찔렀다.
"크헉!"
이번에는 옆으로 구르듯이 밀려났다. 쫓아가며 가볍게 점프한 무혁이 아래로 떨어지며 그 힘을 검에 주입했다.
풍폭, 십자베기!
제대로 놈의 가슴에 검이 박혔다.

[크리티컬이 터집니다.]

검을 들어 올린 뒤 다시 한번 내리찍었다.
풍폭, 백호검법……!

그제야 공격을 당한 마족이 힘없이 늘어졌다.

[군주 포인트를 획득합니다.]
[최상급 마족 처치(1/1)]

무혁이 전황을 살폈다.
"전 왼쪽을 맡죠. 삼장로는 오른쪽으로 가서 도와주세요."
"예, 주군."
이동하면서 보니 오발루트가 최상급 마족을 밀어붙이고 있었다.
호오.
무혁은 웃으며 밀려나는 놈의 뒤를 점했다.
푸욱.
검이 단번에 복부를 관통했다.
"크허업……."
연이어 스킬을 사용해 놈을 처리했다.
"고생했어."
"아닙니다."
"흐음."
훑어보니 오발루트는 상처가 거의 없었다.
"오른쪽을 도와라."
"예!"
그렇게 움직이면서 최상급 마족의 숫자를 한 놈씩 줄여 나갔다.

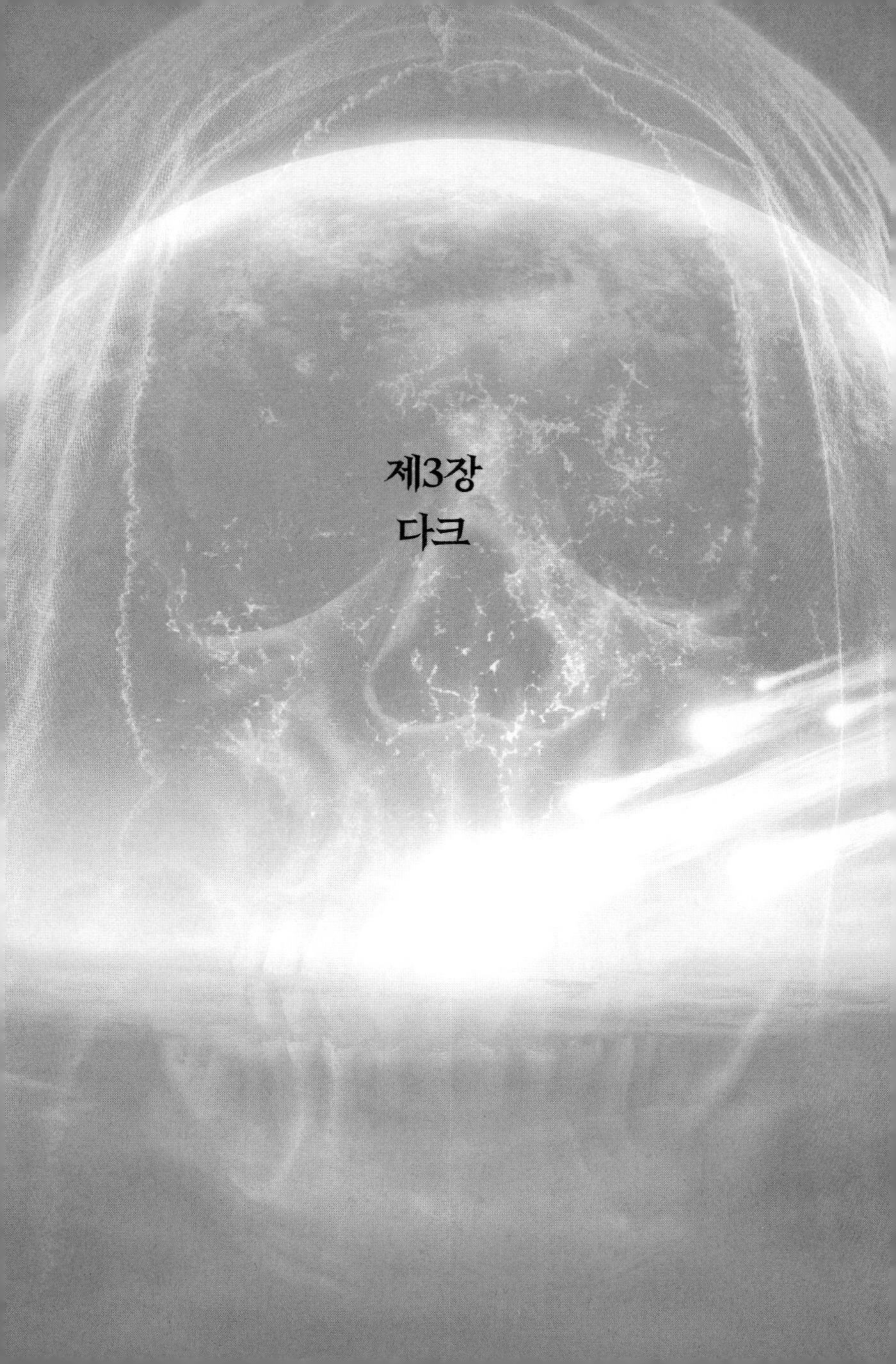

제3장
다크

바르테의 마기가 공간을 짓눌렀다.

“꺼져라!”

상급 무리 다수가 쓰러졌다.

“쿨럭…….”

일부는 위중했고 일부는 죽어버렸다.

다시 공격을 퍼부었고. 깔끔하게 정리를 한 바르테가 옆으로 움직였다. 최상급 마족을 홀로 상대하던 백호세가의 가주, 백호운은 다가오는 기세에 미간을 찌푸리며 물러났다.

“으음.”

“인간이 제법이군. 어서 와라. 서둘러 죽여줄 테니.”

그러나 백호운은 접근하지 않았다.

위험해.

본능적으로 놈의 강력함을 감지한 것이다.

"귀찮게 하는군."

결국, 바르테가 다가왔다.

스팟.

엄청난 속도에 백호운은 황급히 백호보법을 펼쳤다. 간신히 첫 번째, 두 번째 공격을 회피했지만 세 번째 공격은 피하지 못했다.

어깨를 꿰뚫은 손톱.

백호운은 통증에 몸이 순간 굳어버렸다.

그러나 뒤이어 이를 악물며.

"흐아아압!"

손에 들린 검을 그었다. 반원 모양의 검기가 뻗어 나갔다. 워낙 근거리라 바르테도 피하지 못했다.

가슴에 상처가 새겨졌다.

"크읍……!"

바르테가 신음과 함께 마기를 폭발시켰다.

쿠구구궁.

백호운의 전신을 꿰뚫기 직전.

"실드!"

"그레이트 힐!"

유저들이 방어 마법과 치유로 그를 도왔다.

즉시 또 한 번 공격을 시도했다. 이번 공격을 막아낸 바르테가 측면으로 움직였다. 손톱을 한 번 휘둘러 실드를 깨뜨린 뒤에 다시 마기를 폭발시켰다.

급히 검을 세우는 백호운.

날아드는 마기의 기운을 하나하나 쳐내기 시작했다.

캉, 카가각!

그러나 한 손으로 열 손을 당할 수 없는 법. 결국, 쳐내지 못한 다수의 기운이 전신에 꽂혔다. 그나마 위험한 부위는 피했다지만 어깨와 허벅지, 옆구리에 상처를 입은 탓에 제대로 몸이 움직이지 않았다.

"헐!"

유저들이 최대한 도와주고는 있지만 바르테의 공격력은 치유력조차 뛰어넘었다.

"이제 그만 죽어라, 인간."

바르테가 접근해 왔다. 순간 그의 표정이 일그러졌다.

"제기랄!"

날아든 한 대의 화살 때문이었다.

뒤이어 도착한 무혁.

그의 스킬이 바르테 한 녀석에게 집중되었다.

끊이지 않고서 무수히.

결국 바르테를 처리했다.

"후우."

다시 움직여 최상급 마족 일곱을 없앴다.

[스킬 '잠력 격발'이 종료됩니다.]

서두르자.

지금은 더 빨리 움직여야 할 때였다.

이후 네 마리를 더 처리했을 즈음.

[스킬 '소환수 흡수'가 종료됩니다.]

자리에 멈춰 주변을 훑었다. 남은 최상급 마족의 숫자는 일곱. 큰 문제는 없었다.

휘하 최상급 마족 셋과 백호운, 그리고 장로와 호법들이 다섯을 맡았고 실력이 뛰어난 유저들이 뭉쳐 둘을 포위하고 있었으니까. 시간은 걸리겠지만 이길 수밖에 없는 전력 차이였다.

"여, 고생했다."

성민우와 예린, 김지연이 다가왔다.

"오빠, 수고했어."

"수고는 뭘."

"흐흐, 난 좀 더 놀다 오마."

"그래라."

성민우는 다시 전투 지역으로 난입했다. 김지연도 쫓아갔고.

예린은 남아서 무혁의 옆을 지켰다.

"힘들었지?"

"조금."
"히, 그래도 이번에 포인트 엄청 쌓였어. 그치?"
"아. 맞네."
무혁은 포인트를 확인했다.
"허어……."
학살 덕분인지 엄청난 포인트가 쌓여 있었다.

[군주 포인트 : 182,064점]
[마족 처치 공헌도 : 141,598점]

이내 수긍이 되었다. 마기의 거미줄에 걸린 상급 마족만 백이 넘도록 처리했다. 최상급 마족도 스물에 가깝게 죽였고 말이다.
뭐, 당연한 수치인가.
이걸 모두 사용한다면 전력이 급증할 터.
어느 정도까지 성장할까.
기대감에 기분이 좋아졌다.
"크아아아악!"
마침 최상급 마족도 정리가 되었다.
"모두 고생했습니다."
"우와아아아아!"
"이겼어!"
"그 어마어마한 놈들을……!"

유저들의 피해는 상당히 컸다. 휘하의 상, 중, 하급 마족도 상당수 죽었다. 하지만 결국 승리했다. 주요 전력 대부분을 유지한 채로 말이다. 특히 백호세가원이 아무도 죽지 않았다는 게 가장 다행이었다. 그들은 NPC였기에 한 번 죽으면 끝이었다. 만약 누군가가 죽는다면 다시는 볼 수 없게 되는 것이다. 게임이라고는 하지만 충격이 상당했을 터.

앞으로는 더 주의를 해야겠어.

지금 당장은 승리를 만끽하면 되리라.

휴식을 취하면서 포인트로 소켓 망치를 구매했다.

[소켓 망치(5회)를 구매하시겠습니까?]

[마족 처치 공헌도(3,500점)를 소모합니다.]×10

단번에 35,000점이 빠져나갔다. 그럼에도 부담되지 않았다. 아직도 엄청난 포인트가 대기 중이었다.

크흐……!

곧바로 아이템에 소켓 망치를 마구잡이로 사용했다.

총 50회 중에서 9회가 성공했다. 소켓의 구멍은 45개. 그곳을 채울 최상급 보석을 구매했다.

이번에는 군주 포인트로.

[최상급 루비를 구매합니다.]×15
[군주 포인트(2,000점)를 소모합니다.]×15

3만 점이 소모되었다. 토파즈와 사파이어까지 총 9만 점이 소모되었다. 그 모든 것을 소켓에 박았다. 힘, 민첩, 체력 스탯이 각 300씩 증가한 것이다.

"후아……."

[군주 포인트 : 92,064점]
[마족 처치 공헌도 : 106,598점]

그럼에도 포인트는 넘칠 만큼 여유로웠다. 남은 포인트도 지금 바로 사용하기로 했다.

다시 소켓 망치를 사야 하나?

고민하다가 두개골을 일부 구매하기로 했다.

아니, 잠깐.

일단은 몇 개가 필요한지 파악을 먼저 해보기로 했다.

소환수를 불러내어 숫자를 파악했다.

아머나이트가 85마리. 진화하지 못한 검뼈가 41마리. 기마궁수가 60마리. 진화하지 못한 녀석이 3마리였다.

흐음, 다음은……!

아머기마병이 눈에 들어왔다.
숫자는 49마리. 일반 기마병은 14마리였다.
아머메이지는 47마리. 일반 메이지는 16마리.
다음으로 신관.
한 마리도 진화하지 못한 스켈레톤 신관이 32마리였다.
군마는 넘어가고.
빅 스켈레톤 역시 진화를 거치지 못한다.
결국, 필요한 두개골의 숫자는 105개. 포인트의 수치로 따져 본다면 157,500점을 소모해야 구매할 수 있는 개수였다.
현재 군주 포인트와 마족 처치 공헌도를 합하면 19만 점이 넘으니 전부 구매하고도 3만 점 이상이 남을 터였다.
“흐음.”
생각보다 높지 않은 수치에 고민이 되었다.
소켓을 더 뚫을까 싶었는데…….
사실 스켈레톤의 진화 역시 언젠가는 해야 할 일이었다.
나쁘진 않을 것 같단 말이지.
105마리를 진화시킨다면?
곰곰이 머릿속으로 상상을 해봤다.
씨익.
그것만으로도 웃음이 그려졌다. 제대로 된 스켈레톤 대군이 완성되는 것이나 다름이 없었기에. 사실 현재 상황에서는 진화를 거치지 않은 일반 스켈레톤은 전력에서 열외라고 해도 과언이 아니었다. 그러니 진화만 한다면 전력은 충분히 상승할 터였다. 소켓에 못지않을지도……!

이미 각 300씩. 총 900의 스탯을 올린 상태였다. 사실 소켓과 보석에 투자한다면 힘, 민첩, 체력의 스탯을 400 정도씩은 더 올릴 수 있을 것이다.

105마리의 진화냐. 스탯 1,200개냐.

무혁의 고민은 바로 그 두 가지였다.

뭘 선택해야 할까. 스탯은 모든 스켈레톤에게 영향을 준다. 무혁 본인의 힘이 400만큼 증가하면 스켈레톤은 각 개체가 100 이상의 힘이 상승하는 효과를 받게 되는 것이다.

"후, 미치겠네."

"응? 뭐가?"

옆에 있던 예린이 의문을 표했다.

"아, 고민이 되어서."

"어떤 게?"

"음. 남은 일반 스켈레톤을 진화시킬지. 스탯을 올릴지……."

이야기를 듣던 예린도 고민에 동참했다. 옆에 있던 성민우까지. 얼떨결에 토론의 장이 되었다.

"난 스켈레톤 진화에 한 표."

"나는 스탯!"

"진화는 어차피 해야 되잖아. 결국 필요한 일이니까 이럴 때 해치워버리는 게 좋지 않을까?"

"그래도 스탯이 효율적이지."

"왜? 105마리 진화시키면 그 효율도 무시하지는 못할걸?"

"그래도 스탯이 더 좋다는 건 분명하잖아."

"그건 그렇지만……."

둘 모두의 말에 일리가 있었다.

"하아, 모르겠다."

무혁은 결국 반반을 선택했다.

"그래, 자고로 반반이 진리지."

62개의 두개골을 구매하여 기마궁수 셋.

일반 기마병 14마리. 일반 메이지 16마리. 일반 신관 32마리를 진화시켰다.

"검뼈 제외하고는 전부 진화가 된 거네?"

"그렇지."

"근데 검뼈는 왜 한 마리도 안 한 거냐?"

"데스 스켈레톤 재물도 있어야 하니까. 괜히 귀찮게 여러 마리로 분산하기보다는 검뼈로만 남겨두려고."

"아하……!"

이후 남은 포인트로는 소켓을 뚫었다.

운이 좋았네.

생각보다 많은 구멍이 뚫렸다. 이번에는 그곳에 박을 보석을 균등하게 구매했다.

각 10개씩. 덕분에 모든 스탯이 200개씩 증가했다.

후, 전부 다 썼네.

군주 포인트와 마족 공헌도를 합쳐도 이제 500점도 되지 않았다.

그래도……! 정말 말도 안 되는 스탯의 상승을 이뤄냈다. 오늘 올린 힘, 민첩, 체력만 500이었다. 지식, 지혜는 200이었다. 35프로의 영향을 받기에 모든 스켈레톤의 힘, 민첩, 체력이 165씩 상승했다고 보면 되었다. 지식과 지혜는 70씩 증가했고.

말도 안 되는 전력상승인 것이다.

흐음, 가능하겠는데?

이 정도면 이제 대공도, 아니, 마왕도 두렵지 않았다.

오늘과 같은 전투가 벌어진다면?

장담하건데 아주 손쉽게 승리가 가능하리라.

괜히 기분이 들떴다. 확인해 보고 싶은 마음이 들었기 때문이다.

적당한 놈들 없으려나.

어서 휴식을 끝내고 나아가고 싶었다. 하지만 그렇게 하진 않았다. 아무리 흥분했다고 하더라도 지금은 쉬어야 할 타이밍이라는 것을 알고 있었으니까.

"후우. 공복도는 어때?"

"음. 애매하긴 해."

"그럼 가볍게 요리해서 먹자."

"진짜? 그럼 좋지!"

애써 마음을 가라앉힐 겸, 공복도도 채우기로 했다.

요리도구를 꺼내고 재료를 살폈다.

어느새 집중하여 요리를 시작하는 무혁이었다.

성장도를 확인해 볼 기회는 생각보다 금방 찾아왔다.

랭킹 2위의 유저 다크. 그가 상당한 무리를 이끌고 휴식처로 들이닥친 것이다.

숫자는 대략 300명. 그들은 애초부터 다크를 따라 마계로 넘어와 성장한 자들이었다.

당연히 강할 터. 하지만 조금도 두렵지 않았다.

"개 같은 놈!"

"홈페이지에서 글 보기는 했는데 진짜였잖아!"

"유저가 마계 편을 들어? 뒤져라!"

그들과의 전투가 시작되었다. 무혁은 잠시 지켜봤다.

"하, 나도 제대로 몸 좀 풀고 올게."

"아아, 그래."

성민우가 정령과 함께 뛰쳐나갔다.

"오빠는?"

"난 일단 전력부터 좀 파악하고."

"알겠어. 그럼 나도 일단 늑대만 보낼게."

"그래."

예린의 늑대가 적대 유저 한 놈을 포위해 잔인하게 난도질했다. 그녀도 마계에 와서 상당히 강해진 터라 그 정도는 쉬운 일이었다. 더불어 군주 포인트를 꽤나 획득해 소켓을 뚫고 보석을 박았을 테니 더욱 그러하리라.

"이야, 진짜 많이 쌔졌네."

"헤. 오빠 덕분이지."

"생각보다 센 것 같지는 않지?"

"응. 왜 덤빈 건지 모르겠네."

"흐음. 뭐 마계에서 오래 있었을 테니까. 우리가 약하다고 여기는 것도 당연하겠지."

"바보네. 오빠가 얼마나 마족을 많이 죽였는데."

"그러니까."

물론 강하긴 했지만 위험할 정도는 아니었다.

붉은 전투단이랑 비슷한 수준? 딱 그 정도였다. 더 이상 지켜볼 것도 없었다.

"나도 슬슬 움직여야겠다."

"응. 뒤에서 마법으로 지원해 줄게!"

"그래."

무혁은 웃으며 앞으로 나아갔다.

난입해서 실력을 발휘해야 할 필요성도 느끼지 못했다.

휘하 마족과 백호세가원.

키리릭.

그리고 수백의 스켈레톤을 지휘하는 것만으로도 상대가 가능했기에.

스켈레톤 소환. 곧바로 검뼈를 희생하여 데스 스켈레톤 300마리를 불러냈다. 31마리의 빅 스켈레톤은 10마리, 10마리, 11마리를 합쳐 세 마리로 줄였다.

자, 제대로 놀아봐라.

무혁도 제대로 지휘하는 건 오랜만이었기에 괜히 긴장이 되었다. 아니, 사실은 즐거웠다.

이어 미소를 지운 채 집중했다.

아머기마병, 돌진. 63마리의 아머기마병이 각자의 무기를 지닌 채 전력으로 질주하는 모습은 그 자체로도 장관이었다. 뒤이어 적대 유저와 부딪히면서 그들을 쓸어버리는 장면에서는 희열이 올라왔다.

"허어."

스탯이 어마어마하게 올랐다고는 하지만 저렇게 쉽게 쓸어버릴 줄이야.

"이 해골 따위가!"

"젠장, 힐부터 줘!"

물론 그 한 번의 공격으로 적대 유저들이 죽은 건 아니었다. 다급히 진열을 재정비하지만 날아드는 기마궁수의 뼈화살과 허공을 채운 각양각색의 파괴적인 마법이 그들을 깔끔하게 정리했다.

"미친……!"

단번에 열 명 이상의 유저가 사라졌다.

그러나, 이제 시작이었다. 뒤이어 달려든 데스 스켈레톤이 자폭하기 시작한 것이다.

쾅, 콰아앙, 콰아아아앙!

끝이 아니었다. 아머나이트를 선두로 하여 그 뒤를 따르는 부르탄, 히드라, 포이즌 오우거, 설인, 붉은 오크 대전사, 자이언트 외눈박이. 세 마리의 빅 스켈레톤과 그 존재만으로도 압도적인 본 드레이크까지. 마지막으로 그 뒤를 받치는 아머신관의 존재가 든든함을 더했다.

크워어어어!

그들이 전장을 휩쓸기 시작했다.

한편. 무혁의 스켈레톤을 마주하는 다크 길드의 유저들.

"이런, 제기랄. 이게 말이나 되냐고!"

그들은 하나같이 표정이 썩어 있었다.

겨우 스켈레톤이었다. 물론 진화를 거쳐서 강해진 건 이해하지만 이건 아니었다. 선을 넘어선 강함이었다.

"이게 진짜 스켈레톤이 맞냐고!"

레벨 250이 넘어가는 다크 길드의 1조장 블루셀. 그는 대검을 휘둘러 눈앞에 있는 아머나이트 세 마리의 방패를 거칠게 두드렸다. 그러나 아무리 때려도 쓰러지지 않았다. 간간이 치유 마법까지 들어가는지 새하얀 빛이 놈에게 떨어지기까지 했다.

"말이 돼? 되냐고! 힐? 힐까지 받아? 이 미친 해골 새끼야! 죽으라고!"

그 순간 아머나이트 한 마리가 방패를 밀쳤다.

투웅.

가벼웠지만 예상하지 못했던 터라 뒤로 주춤, 물러났다.

그 틈을 노린 공격.

-강한 일격! 강한 일격! 강한 일격!

세 개의 검날이 얼굴과 가슴, 어깨에 적중했다.

"크읍!"

엄청난 데미지와 함께 충격에 밀리면서 바닥을 굴렀다. 벌떡 일어났지만, 어느새 접근한 세 놈이 절묘하게 공간을 제압하더니 공격을 이어갔다.

횡으로. 위에서 아래로. 찌르기로.

"끄으읍!"

몸을 비틀고 바닥을 굴렀으나 끝내 찌르기에 적중당했다.

하지만 그게 시작이었다.

세 아머나이트의 연계공격은 쉴 새 없이 이어졌고, 그 파괴력 또한 강해 HP가 생각보다 빠르게 줄어들었다. 그에 반해 공격은 제대로 통하지 않았다. 적대 유저라고는 하지만 최상위 랭커에 가까운 그가 스켈레톤 세 마리를 감당하지 못하는 상태인 것이다.

"조장!"

조장이 그러하니 조원의 상황은 어떠랴.

그보다 더욱 심각했다. 조원 아홉 명이 아홉 마리의 아머나이트에게 붙잡힌 상태였다.

한 명이 한 마리씩. 후방에서 지원하는 기마궁수와 아머메이지. 그리고 언제 돌진할지 알 수 없는 아머기마병과 특별한 힘을 지닌 각종 스켈레톤으로 인해 정신이 분산된 까닭도 있었다. 그렇다고 하더라도 놀라운 광경이었다.

"이 미친 스켈레톤 좀 어떻게 해보라고오오오!"

그 순간이었다.

콰아아앙!

거대한 폭발과 함께 다크가 뛰어들었다.

확실히 그는 강했다. 어둠기사가 되면서 스킬이 보다 패도적으로 변했다. 움직임 또한 날렵했다. 생각보다 빠르게, 그리고 쉽게 아머나이트 몇 마리를 쓸어버렸다. 그러나 그런 다크조차 쉽사리 움직이지 못하는 순간이 찾아왔다. 빅 스켈레톤 세 마리와 포이즌 오우거, 그리고 본 드레이크가 그의 앞을 가로막은 것이다.

-본 브레스.

-발 구르기!

본 드레이크와 포이즌 오우거의 스킬에 다크는 안색을 굳히며 측면으로 이동했다. 그러나 등장한 빅 스켈레톤 한 놈이 주먹을 거칠게 휘둘러왔다.

쿠우웅.

그 공격에 뒤로 물러나는 순간.

후우우웅.

자리를 잡고 있던 본 드레이크가 꼬리를 휘둘렀다.

"하아압!"

급히 허공으로 뛰어오른 다크가 눈을 빛내며 스킬을 사용했다.

과연 막아낼 수 있을까.

그런 자신감 있는 표정이었다.

지옥불! 어둠의 향연!

확실히 스킬은 화려했다.

화르르.

지옥불로 인해 생성된 검붉은 구체 다섯 개가 다크의 주변을 맴돌았다. 그 상태에서 어둠에 동화되더니 거의 동시에 본 드레이크, 포이즌 오우거, 그리고 세 마리 빅 스켈레톤의 앞에 모습을 드러냈다.

"죽어라."

각각의 다크는 극히 어두워 마치 실루엣처럼 보였다. 각각의 실루엣에서 뿜어진 다섯 개의 불꽃이 빛살과도 같은 속도로 공격을 이어나갔다.

카가가가가각!

본 드레이크, 포이즌 오우거, 빅 스켈레톤 모두가 불꽃에 휘감겼다.

아머신관, 치유.

줄어드는 hp보다는 못하지만 적지 않은 수치가 회복되었다.

덕분일까. 누구 하나 쓰러지지 않았다.

"으음……!"

본 드레이크 한 마리만 해도 태산과 같은 육중함에 어마어마한 체력, 그리고 공격력을 지닌 괴물이었다. 거기에 31마리가 합체되어 능력이 대폭 증가한 세 마리의 빅 스켈레톤과 본 드레이크를 제외하고서 가장 맷집이 좋은 포이즌 오우거가 합세하니 겨우 한, 두 개의 스킬 공격만으로는 쓰러뜨릴 수 없는 게 당연했다. 물론 정작 다크 본인은 적어도 몇 놈은 잡아낼 수 있으리라 여겼겠지만.

"정말 황당하군."

마계에 와서 강해졌다고 여겼다.

퀘스트도 꾸준히 했고 직업 역시 마음에 들었다.

그럼에도……!

겨우 유저가 불러낸 소환수 다섯 마리에게 막혀 버리고 말았다. 그 다섯 마리가 범상치 않다고는 하지만 겨우 다섯 마리라는 사실만큼은 부정할 수 없었다.

"그래, 한번 해보자……!"

직후 다크의 신형이 사라졌다.

극한! 파괴자의 망치!

랭킹 2위의 위엄을 보여주겠다는 듯. 무서울 정도의 기세와 파괴력으로 스켈레톤을 압박해 나갔다. 계속되는 공격에 결국 버티지 못한 빅 스켈레톤이 한 마리 무너졌다. 뒤이어 한 마리, 마지막 한 녀석까지 부서졌다.

-자이언트 대쉬.

그 순간 본 드레이크가 다크를 밀어버렸다.

"크헙!"

엄청난 데미지에 놀란 다크가 손짓했다.

"그레이트 힐!"

다수의 치유마법이 들어왔다.

그러나 이어지는 공격.

-본 브레스.

-본 스피어.

독성 물질로 이뤄진 뼈와 그보다 굵고 거대한 창과 흡사한 모양의 뼈가 허공을 빼곡하게 채운 채 비처럼 쏟아졌다.

이건……!

다크가 회피 스킬을 쓰려는 순간.

포이즌 오우거의 피어가 공간을 짓눌렀다.

순간 굳어버린 다크.

떨어지는 무수한 공격에 고스란히 노출되고 말았다. 치유마법을 주려는 후방의 힐러는 아머기마병이 도맡았다.

-돌진!

-가속 찌르기!

그러나 굳어 있는 시간은 찰나였다.

움직여라, 움직여……!

드디어 스턴이 풀리려는 순간.

키아아아악!

부르탄의 기파가 다시금 날아와 그의 의지를 묶어버렸다.

파앙!

직후 쏟아진 무혁의 화살. 드레이크의 공격과.

무혁의 화살이 적중하면서 다크는 희미해졌다.

"말도…… 안 돼……."

허무한 목소리만 남긴 채로.

애초부터 어려운 싸움은 아니었다.

압도적인 전력의 강화. 그 덕분에 무혁 홀로 절반 이상의 유저를 쓸어버렸다.

"끝인가?"

휘하 마족이 한쪽 무릎을 꿇은 채 보고했다.

"중급 마족 둘 사망. 다섯 중상입니다. 상급 마족 다섯 경상 외 전부 이상 없습니다."

"좋군."

백호세가의 백호운도 상황을 알려줬다.

"일반 세가원 한 명 사망. 셋이 중상. 다섯이 경상을 입었습니다. 중, 경상은 현재는 치료되어 문제가 없습니다."

무혁의 표정이 굳어졌다.

"한 명이 죽었다고?"

"예……."

백호운 역시 슬픈 표정이었다. 마족의 죽음과는 달랐다. 그들은 딱히 인간이라고 여겨지지 않았으니까.

하지만 백호세가원은 인간이었다. 비록 NPC라고는 하지만 꽤 긴 시간을 함께한 동료이기도 했다. 그렇기에 한 명일 뿐이라고는 하지만 실감하는 정도가 달랐다. 정말 지인이 죽기라도 한 것처럼, 꽤나 큰 충격을 먹었다. 그나마 NPC라는 걸 인지하고 있었기에 빠르게 마음을 추스를 수 있었다.

"후우, 여기에 둘 순 없지. 주검부터 수습하자고."

"그러겠습니다."

백호세가가 바삐 움직여 죽은 자의 시신을 수습했다.

빠르게 상자를 만들고. 그 안에 고이 넣어두는 것으로 마무리를 지었다.

"수습했습니다."

"중간계에 내려갈 때까지는 내가 맡지."

"어찌……?"

"이방인의 능력이니 걱정 안 해도 돼. 아공간 주머니와 비슷한 공간이 있으니까. 여기선 시간이 흐르지 않아."

"아아……!"

안도하는 표정의 백호운. 무혁은 시신이 담긴 상자를 인벤토리에 넣었다.

"내려가면 제대로 장례를 하자고."

"예, 정말…… 감사합니다."

안타까운 시간은 끝났다.

"2시간 뒤에 출발하겠습니다."

휴식을 취하며 재정비를 할 때였다.

한편.일루전 홈페이지가 오랜만에 뜨거워졌다.

[제목 : 랭킹 2위의 위엄?]
[제목 : 무혁vs다크, 그 대격돌!]
[제목 : 어둠 기사란?]
[제목 : 다크 유저, 실력을 발휘하다!]
[제목 : 다크와 다크길드! 그 어마어마한 실력까지 한눈에 파악하다!]

꽤나 흥미로운 제목들이었다.
마계에 붙은 유저, 다크.
랭킹 2위라는 위치에 걸맞은 모습을 보여준 걸까.
제목만 본다면 그런 느낌이었다.
도대체 어떤 모습이었기에. 얼마나 대단했기에.
기대하면서 게시물을 클릭해 보면, 괜한 헛웃음을 흘리게 된다.

[제목 : 랭킹 2위의 위엄?]

[내용 : 네, 이번에 영상이 하나 올라왔죠? 아주 뜨겁다 못해 탈 것만 같은 핫이슈의 영상! 다크 유저와 그가 만든 길드! 그리고 무혁 님과 그를 따르는 이들의 격돌이었는데요. 와우, 영상을 보자마자 입이 떡하니 벌어지더군요. 왜냐구요? 다크 유저가 무혁 님에게 아주 그냥 무자비하게 발려 버렸거든요! 그러게 누가 마계에 붙으랬나? ㅋㅋ 아무튼 아래 링크 걸어둡니다. 감상하세요. 다크 유저의 떡실신을!]

└ㅋㅋㅋㅋㅋㅋ개꿀잼!

└어후, 무혁 님이 진 줄 알았잖아!

└제목 다 어그로가 짙음.

└괜히 쫄렸네.

└근데 랭킹 2위도 뭐 없네요.

└무혁 님이 천외천인지라……!

└백랑 님도 쌥니다.

└인정.

└예린느님도 최고!

└지연느님이 귀여워서 더 최고임.

└둘 다 예쁨……!

└그래 봐야 남의 떡이쥬.

└젠장…….ㅠ

[제목 : 다크 유저, 실력을 발휘하다!]

[내용 : 네, 실력 발휘 오지게 했죠! 그냥 압도적으로 발렸음. 무혁 님이 상대도 안 해줬음. 그냥 소환수 다섯 마리인가 보내서 끝냄.]

└소환수한테 죽는 랭킹 2위의 위엄.

└다크 유저는 랭킹만 높지, 뭐 딱히…….

└레벨만 높은 호구?

└샌드백임.

└불쌍하다…… 마계 선점령했다고 좋아했을 텐데…….

└근데 선점령했으면 이득이 꽤 컸을 텐데 말이죠.

└그래 봐야 마왕에 비하겠음?

└마왕?

└무혁 님 마왕이잖아요.

└아, 하긴 무법 도시 마왕이죠?

└ㅇㅇ, 무법 도시긴 하지만 그래도 마왕이니 그 혜택이 장난이 아닐 거임.

└그렇겠네요.

└제 지인이 말해 준건데…….

└뭔데요?

└혜택 미쳤다고 들었음. 동쪽 마왕에 전쟁 걸었잖아요. 그러면 군주 포인트를 주는데 그거 직접 사냥 안 해도 준다고 들었음.

└엥? 직접 사냥 안 해도요?

└ㅇㅇ예를 들어서 우리가 그냥 동쪽 구역 마물이나 마족 잡아도 무혁 님이랑 동맹 길드는 군주 포인트 얻는다고 했음. 게다가 군주 포인트 1점이 마계 공헌도 1점이라고 했음.

└헐, 미친!

└와, 마왕 할 만하네……!

2위가 1위에게 상대가 되지 않으니 당연히 관심이 집중되었다. 대부분이 조롱이었지만 말이다. 그에 분노한 다크는 패널티가 끝나자마자 다시 게임에 접속해 무혁 무리를 덮쳤다. 하지만 결과는 마찬가지였다. 과정이 조금 달라졌을 뿐.

[제목 : 재도전 한 다크, 그 과정이 놀랍다!]

[제목 : 이번 도전은 새로웠다.]

[제목 : 앞으로가 더욱 기대되는 다크……!]

많은 이들이 또 호기심을 가졌다.

도전? 새로움? 기대?

하나의 글을 클릭하여 집중해서 읽어가면 대부분은 짙은 웃음을 터뜨리곤 했다.

[제목 : 이번 도전은 새로웠다.]

[내용 : 무혁 님에게 패배한 마계에 속한 다크 유저와, 그의 길드원들. 이번에 다시 한번 무혁 님에게 도전을 했다는 사실, 다들 알고 계시죠?

뭐 간단하게 말하자면 결과는 같았습니다. 다크 유저의 패배였죠. 다만 한 가지. 과정이 꽤 놀라웠습니다!

아주 충격적일 정도였죠. 도대체 어떤 싸움이었냐고요? 어마어마하게 치열했냐고요? 그야말로 장관이었냐고요? 하하, 단연코 NO라고 대답하겠습니다. 뭔 소리냐고요?

간단하죠. 이미 알고 있잖아요? 그야말로 다크 유저와 그 무리가 처참하게 발렸다는 거죠.

그래도 며칠 전 전투에서는 서로의 전력을 제대로 모르니까 눈치라고 봤다면 이번에는 그냥 처음부터 제대로 부딪혀버려서 순식간에 녹았다는 게 팩트죠. 전투 시간?

영상 보면 알겠지만 만나는 장면부터 시작해도 5분이 안 걸리더군요ㅋㅋㅋ 한마디로 하죠. 다크 유저, 이제 그만 꺼지세요ㅎㅎ]

ㄴ크! 시원한 팩폭!
ㄴ이번 두 번째 전투는 특히나 더 발렸죠?
ㄴ네. 게다가 이번에는 무혁 님이 직접 상대해 줬더군요.
ㄴ1분도 안 걸린 듯……!
ㄴㅋㅋㅋ맞아요. 나머지 다크 길드원 정리하는 데 4분 소요한 거죠.
ㄴ쪽팔리겠다.
ㄴ나 같으면 접었음.
ㄴ에이, 그건 아님. 2위 찍었는데 접으면 속이 터질 듯.
ㄴ2위인데 발려서 더 화날 거 같은데요.
ㄴ불쌍하던데…….
ㄴ다크 님, 힘내서 다음에 또 무혁 님한테 덤벼보세요. 또 재밌는 구경이나 좀 하게요.
ㄴ신기록 달성이나 합시다.
ㄴ30초 컷?
ㄴ10초 컷 가죠ㅋㅋ

그 글을 보고 있던 사내.
타다닥.
타자를 쳐서 댓글을 하나 달았다.

ㄴ다크 유저님 욕하지 맙시다. 그래도 랭킹 2위에요. 님들이 뭐라고 할 사람이 아님.

그 밑에 답댓이 주르륵 달렸다.

ㄴ너 다크지?
ㄴ다크 인증.
ㄴ다크님 여기서 이러지 마세요.

그에 사내가 주먹을 쥐었다.

바들거리는 떨림.

"개 같은 놈들……!"

정말로 해당 댓글의 주인공이 다크였던 것이다.

"내가 이대로 끝날 거 같아?"

허무하게 졌다는 건 인정한다. 실력의 차이가 크다는 것도. 하지만 복수를 할 수 없는 건 아니었다.

"두고 보자고……!"

그에겐 동쪽 마왕이라는 끈이 있었으니까.

게임에 접속한 다크는 바로 대공을 찾아갔다.

"죄송합니다……."

"흐음."

대공 바록은 미간을 찌푸리며 다크를 가만히 쳐다봤다. 이미 계약을 맺었기에 버릴 수 없는 패가 되었다.

"어쩔 수 없지. 붉은 전투단도 몰살을 당했으니."

"그럼……."

"용서하마."

"감사합니다!"

"물러나라. 이번 일은 내가 처리할 테니."

"혹시……."

"직접 나설 생각이다."

그 말에 다크는 미소를 감추지 않았다.

무혁, 이번엔 정말 죽겠구나.

마족과 계약을 맺은 다크와 길드원은 마계를 스타팅 포인트로 지정할 수 있다. 하지만 무혁을 비롯한 그들은 중간계에서 다시 시작해야 할 터.

여기까지 오는 시간이 상당하겠지. 그렇게 몇 번 반복해서 죽이다 보면 어느새 다크는 무혁을 뛰어넘으리라.

"크흐흐……!"

"뭘 그리 웃는 것이냐."

"아, 아닙니다."

"가보라고 했을 터인데."

"예."

다크는 급히 자리를 벗어났다.

그는 즐거웠다. 그러다 문득 의문이 들었다.

왜 무혁을 싫어하는 걸까.

스치듯 떠오르는 한 가지 기억.

최강자전. 놈에게 패하면서부터였다.

보스 몬스터……! 놈에게 보스 몬스터를 뺏기기도 했었다.

게다가 지금 마계에서조차 방해를 받았다.

그 모든 것들이 어우러졌다.

적이구나, 적.

반드시 없애야 할 적이 되어버린 상대인 것이다.

다크에게 무혁은, 그런 존재였다.

계속되는 전투로 유저들의 숫자가 조금씩 줄어들었다. 하루라는 시간을 두고 본다면 그리 대단할 것 없는 차이였으나 일주일. 보름을 두고 본다면 그 차이가 꽤나 크다는 것을 알 수 있었다.

"흐음. 517명이 줄어든 건가?"

"어. 꽤 많이 줄었지."

죽어버린 유저도 있었지만, 중간에 이탈한 자도 상당했다. 물론 동맹을 맺은 길드는 대부분이 건재했기에 주요전력에 큰 문제는 없었다.

무엇보다 소환수가 강해졌지.

다크가 재도전을 한 이후 벌써 2주가 지났다. 그 사이 무혁은 수십 개의 소켓을 뚫었고 거기에 보석을 전부 박아 넣었다.

당연히 스탯이 급증했고 소환수 역시 몰라보게 강해졌다.

지금 다크가 나타난다면? 본 드레이크도 필요가 없으리라.

아머나이트 세 마리? 그 정도면 놈을 처리할 자신이 있었다. 다크 길드원은 한 마리면 족했고.

"흐흐, 어서 마왕이랑 싸우고 싶은데."

강해진 건 무혁만이 아니었다.

대부분이 강해졌으나. 확실히 두드러지는 사람은 성민우와 예린이었다. 성민우가 다루는 주요정령은 한 마리가 최상위 랭커에 비견되었고 예린이 다루는 늑대 한 마리는 상위 랭커에 못지않았다. 늑대 세 마리를 지휘한다면 최상위 랭커 한 명도 상대할 수 있는 전력인 것이다.

"네 덕분이다, 진짜."

"군주 포인트가 쏠쏠하지?"

"어, 대박이야, 대박!"

성민우는 지금도 계속해서 떠오르는 홀로그램을 보며 미소를 지었다.

"계속 들어온다니까. 미쳤다, 진짜."

시간이 지날수록 더 많이 들어왔다. 이미 마계로 진입한 유저들이 행동반경을 넓히면서 동쪽 구역으로 들어와 마물을 사냥하는 중이었고 새로운 진입 유저 역시 사방으로 퍼져 각자의 활동을 이어가는 덕분일 것이다.

그 많은 유저 중에서 일부가 동쪽 어딘가에서 마물을 잡는다면? 그 모든 것이 군주 포인트가 되어 돌아온다.

그야말로 혁신인 것이다.

나날이 유저가 늘어가니 자연스럽게 군주 포인트도 증가하는 추세였다. 그들은 비록 무혁과 함께하지는 않지만, 동쪽 구역에서 사냥을 하는 것만으로도 충분한 도움이 되었다.

[군주 포인트(0.05)가 상승합니다.]

[군주 포인트(0.02)가 상승…….]

무혁도 웃으며 고개를 끄덕였다.

"엄청나지."

예린과 김지연도 옆에서 격하게 수긍한다는 듯, 고개를 위아래로 흔들었다. 소환수의 성장세가 눈에 보이는 예린은 말할 것도 없었고 김지연 역시 회복량이라던가 버프 계열 스킬의 계수가 확연하게 증가했다. 당연히 전투에 큰 도움이 되었다. 그들 스스로도 느끼고 있었고.

"동쪽에서도 이런데, 다른 구역까지 다 점령하면 어떻게 될까?"

"와. 상상만 해도 소름이구만."

분명 지금보다 더욱 강해질 터.

그러나 문제는 시간이었다.

천천히 나아갈 수 없으니 무리를 해야만 했다. 무리를 하게 되면 자연스럽게 오판하게 마련이다. 그 과정에서 몇 가지 실수도 나오리라.

"시간이 부족하다는 게 아쉽네."

그것만 아니었더라면 보다 견고하게 다지면서 나아갈 수 있었을 것이다.

"쩝, 그렇지. 저주를 풀어야 하니까."

"그게 최우선 목표지. 후우, 얼마나 더 가야 하려나."

"흠. 금방이지 않을까?"

"그랬으면 좋겠는데……."

무혁은 걱정이었다. 꽤 긴 시간을 이동했음에도 아직 마왕성이 보이지 않았으니까.

이런 속도라면……. 저주를 언제 풀 수 있을지 의문이었다.

뭐, 행운이 따를지도 모르지. 만약 동쪽 마왕이 건 저주라면 이번 전투로 저주가 풀리게 될 테니까.

부디, 그렇게 되기를 기원했다.

"규모 큰 곳도 간간이 나오잖아. 이제 곧 마왕성도 보이겠지."

"맞아. 오빠. 걱정하지 마."

"그래. 그래도 조금만 더 서두르자."

"오케이."

"알겠어."

속도를 내어 진군했다. 보이는 거대한 규모의 마족 도시를 무너뜨렸다. 획득한 포인트로 소켓을 뚫었다. 다시 진격하여 마물과 마족을 잡아낸 뒤 포인트로 보석을 구매하여 박았다.

반복되는 과정이 다시 며칠간 이어졌다.

그리고 오늘. 드디어 드넓은 평원 너머, 흐릿하게 보이는 성을 발견했다.

"미친. 여기서 보인다고……?"

엄청난 규모로 짐작이 되었다.

"마왕성이겠지?"

"아마도……!"

어떻게 봐도 저건 마왕성으로 추정이 되었다.

이제 결착을 지을 때가 왔다.

같은 시각.

대공 바록의 미간이 꿈틀거렸다.

"드디어 온 건가."

마왕 역시 낌새를 눈치챘으리라.

움직여야겠군.

한마디 듣기 전에 서둘러 인간 무리를 처단하기로 했다. 사전에 마왕에게 위임권을 받아놓았기에 병사들 역시 마음껏 차출할 수 있었다.

"카론텔!"

"예!"

"지금 바로 대공 수호대와 마왕성 직속 검마대, 그리고 1, 2, 3 전투단을 모두 모으도록."

"그, 그들을 전부 말입니까?"

"여기에 마왕성 경비대까지 추가하도록."

"아, 알겠습니다!"

"서둘러라."

"예!"

마왕성의 주요전력이라 할 수 있는 전투대와 단을 끌어모았다.

대공 수호대 300. 바록을 지키는 이들로 최상급 마족이 30. 290이 상급 마족이었다.

마왕성을 지키는 검마대 역시 삼백으로 최상급 마족이 서른이었다. 여기에 1, 2, 3전투단 300명이 추가되었다. 전투단마다 최상급 마족이 다섯이니 이 또한 대단한 전력이었다.

즉, 최상급 마족만 무려 75명. 상급 마족만 825명에 이르는 대규모 전력이었다.

마지막 경비대. 상급 마족이 서른에 중급 마족이 무려 570으로 이뤄진 곳이었다.

이건 질 수가 없었다. 특히, 대공 본인까지 나서는 이상 이미 결과는 불 보듯이 뻔했다.

"흐음."

그럼에도 바록은 표정이 좋지 않았다.

오늘도 그러는군.

이상하게 불안감이 느껴졌다.

이런 전력을 가지고?

정말 말도 안 되는 일이었다.

그때 부하가 들어왔다.

"전부 모였습니다!"

"나가지."

밖으로 나온 대공 바록은 모인 이들을 바라보며 미소를 지었다.
"후후."
이들을 보는 것만으로도 기분이 좋아졌다.
이 엄청난 전력을 보라.
직접 바라보니 승리한다는 확신이 절로 들었다. 불안감이 거짓말처럼 사라졌다.
"이야기는 들었을 것이다. 겁 없는 인간 녀석들이 마계로 올라와 헛짓거리를 일삼고 있다고 하더군. 더 이상 간과할 수 없어 내 친히 나서기로 하였다. 모두 나를 따라 놈들을 쓸어버리도록 하라."
"예."
"출발하겠다."
어마어마한 대군이 마왕성을 나섰다.

잠시 후 무혁은 다가오는 무리를 발견했다.
"마왕성 마족인가?"
"그렇겠지."
한눈에 봐도 강하다는 걸 알 수 있었다.
스스스.
하나같이 강대한 마기를 피워 올리면서 다가오고 있었으니까.
"숫자가 어마어마한데?"
"으음……!"
대충 훑어도 일천은 훌쩍 넘어 보였다.

"뭐, 우리도 강해졌으니까."
무혁은 스스로를 믿었다.
긴 시간, 군주 포인트와 마족 공헌도를 소모하여 스탯을 상승시켰다.
지금 스스로도 믿기 어려울 정도. 과거 붉은 전투단을 상대했을 때보다 두 배 이상은 강해졌다. 그렇기에 자신은 있었다. 그러나 분명한 것은 피해가 적어야 한다는 사실이었다.
급히 백호운과 오발루트를 불렀다.
"둘은 명심해라. 방어에 치중해야 한다. 중상을 입으면 뒤로 빼서 치료하고 절대로 사망자가 없게 해라. 최우선 명령이다. 알겠나?"
"예!"
"알겠습니다."
유저와 달리 이들은 목숨이 하나였다.
백호세가. 그리고 마족. 누구 하나 잃고 싶지 않았다.
백호세가원은 같은 인간이었고 충분히 정이 들었다. 마족들은 솔직히 크게 신경을 쓰진 않았지만 그래도 명령에 복종하는 이들이 없는 것보다는 있는 게 훨씬 나았다.
전력의 소모를 우려하는 게 당연했다.
"좋아. 후미에 위치하도록."
그들을 보내고 손을 들어 행군을 멈췄다.
몸을 돌려 아군을 바라봤다.
유저들은 하나같이 긴장한 표정이었다.

"이제 마왕성이 코앞이네요. 긴장되죠?"
"하하, 네."
"여기서 죽을 수도 있으니까요."
"뭐, 그렇긴 하죠. 그래도 다시 마계로 오면 되잖아요. 지금까지 얻은 게 많으니 여기서 제대로 한 번 활약해 봐야죠. 그래야 더 강해질 수 있으니까요."
"그렇죠."
"맞습니다. 포인트로 스탯 엄청나게 올렸거든요."
"저도요!"
"이번엔 제대로 활약 좀 해보렵니다."
"죽으면 어때요. 또 오면 되지!"
유저들의 호응에 무혁은 웃었다.
"네, 즐겨보자고요."
그들에게는 결국 즐거움을 위한 게임이었으니까.
그것을 상기시켜줬다.
자연스럽게 기세가 오른 유저들이 선두로 나섰다.
"많긴 하네요. 일부만 잡아도……!"
상당한 포인트를 획득하리라.
"흐흐. 좋네요, 좋아."
그를 위해 무혁이 먼저 나섰다.
"스켈레톤 소환."
소환수와 함께 지면을 차며 앞으로 달려 나갔다.
"우리도 갑시다!"

"가자!"

"우오오오오오!"

자연스럽게 유저들이 무혁을 따랐다.

이것으로 목적은 달성되었다. 죽음이 두렵지 않은 자들의 저력은 절대 가볍지 않기에.

공격의 시발점은 무혁의 화살이었다.

팡, 파바바방!

엄청난 속도로 쏘아진 화살이 다가오는 마족의 무리를 뒤덮었다. 선두에 있던 중급 마족 일부가 그 공격을 이겨내지 못하고 쓰러졌다. 그에 미간을 찌푸린 상급 마족이 나섰지만, 그 역시 화살에 깃든 힘에 경악하며 물러났다.

"크윽……."

다음으로 나서려던 최상급 마족을 대공이 저지했다.

"내가 나서지."

"예, 대공!"

앞으로 나선 대공 바록이 무혁을 바라봤다.

저놈이군. 과연 힘이 어느 정도일지.

스윽.

손을 올려 날아드는 화살의 대를 낚아챘다.

파르르르.

진동으로 거칠게 울리는 화살. 맹렬하게 회전하는 몸체.

그 순간 터지는 강력한 폭발에 절로 미간이 좁혀졌다.

"확실히……."

파괴력이 상당했다. 하지만 걱정하던 수준은 결코 아니었다.

붉은 전투단장, 바르테. 그는 바록 역시 인정하는 자였다.

그가 패배했다?

바르테의 거미줄은 생각보다 까다롭다.

이 정도 파괴력으로는…… 절대로 그를 이길 수 없었다.

힘을 숨긴 것인가. 아니면, 그저 우연일 뿐인가.

스팟.

대공 바록이 자리에서 사라졌다. 동에서 번쩍, 서에서 번쩍 하더니 날아드는 화살을 수십 대나 낚아챘다.

모두 비슷한 힘이군. 이것만으로는 알 수가 없었다.

조금 더 자극해 볼까.

자극을 위해선 본인을 건드리는 것보다는 주위 인물을 건드리는 것이 더 효과적이었다. 그는 슬쩍 쳐다보다가 방어에 집중하고 있는 이들을 발견했다.

적당해 보이는군.

그들에게로 달려갔다.

엄청난 속도. 하지만 목적지에 도달하기 전부터 방해를 받았다.

크크, 역시……!

처음엔 대수롭지 않게 여겼다.

콰득, 콰아앙!

부서뜨리면서 나아가면 되었으니까.

하지만 점점 무거워졌다. 벽이 한없이 두꺼워지기 시작했다.

키아아아아악!

기이한 기파가 신체를 순간적으로 무너트리기도 했다.

얼음이 날아들어 발을 묶고, 독이 날아들어 정신을 혼미하게 만들고, 불꽃이 신체에 들러붙었다. 바람의 칼날이 피부를 찢고 전격이 내리꽂혔다.

팡, 파바방!

매서운 힘이 실린 뼈화살이 이동 경로를 방해하기도 했다.

문제는 하나.

그 모든 짓을 하는 존재가 겨우 해골이라는 점이었다.

스팟.

빠르게 다가와 창을 내지르는 해골 수십 마리.

쿠아아앙!

생각보다 힘이 강했다.

바르테, 그도 자리에 멈춰야만 할 정도였다.

어이가 없군.

그 사이 방패와 검으로 무장한 녀석들은 겹겹이 포위망을 형성했다. 생명력이 상당한지 두, 세 번을 공격해도 버텨냈다. 그러다 해골 한 마리를 처단하면 그 자리를 새로운 녀석이 채웠다. 이번에는 무기를 들고 있지 않은 해골이었다.

다만 양 주먹의 뼈가 너클처럼 예리했다. 놈들이 내지르는 공격은 그리 대단하진 않았으나 신경에 거슬리는 수준은 되었다. 그 해골은 두 번만 공격해도 부서졌다.

그러나 예상치 못한 상황이 발생했다.

치유까지?

회복을 받는지 부서진 부위가 재생되어 버린 것이다.

두 방이 세 방이 되었다.

"허……!"

황당하면서도 화가 치밀었다.

"장난은 여기까지다!"

제대로 힘을 가해 공격을 해서 한 마리씩 몰아붙였다. 한 놈을 처치하고 빈자리를 채운 또 다른 해골을 부서뜨리기 직전, 강맹한 화살이 날아왔다.

크읍!

이건 바르테, 그도 무시할 수 없는 수준이었다.

무혁이 제대로 날린 스킬이었기에.

급히 몸을 틀어 날아드는 화살을 쳐냈다. 그사이 뒤에 있던 스켈레톤이 무자비하게 공격을 시도했다. 화살을 막아내자마자 몸을 틀어 다시 해골을 공격했다.

"가아아암히!"

마기를 폭발시켜 다섯을 녹였다. 하지만 그 자리는 다시금 채워졌다.

파앙!

그 순간 또 화살이 날아왔다. 별수 없이 몸을 틀어 화살을 막아야만 했다. 그 탓에 해골에게 등을 내줘야만 했다. 날아드는 뼈화살과 각종 공격을 막기 위해 마기를 끌어올렸다. 타격은 입지 않았지만, 마기가 소모되었다. 그와 같은 상황이 계속해서 반복되었다.

"으아아아아악!"

걷잡을 수 없는 분노가 대공, 바르테를 잠식했다.

칼질 한 번에 최상급 마족 한 놈이 죽었다.

스윽.

몸을 틀면서 검을 검집에 꽂고 활을 꺼내어 시위에 화살을 걸었다. 자리에 멈춰 스켈레톤에게 포위된 채 발광하는 대공, 바르테를 겨냥했다.

풍폭, 파천궁술 제3초식 파천사.

파앙!

시위를 놓자마자 몸을 틀면서 활을 어깨에 걸고 검집에서 검을 꺼내어 횡으로 그었다.

"크아아아악!"

"커헉……!"

상급 마족 둘을 처리한 뒤, 그 뒤에 위치한 최상급 마족에게 달려들었다.

백호검법 제2초식 백호파.

빛이 되어 한 놈을 마구잡이로 가격했다.

[군주 포인트를 획득합니다.]

[최상급 마족 처치(1/1)]

[반복 퀘스트 보상으로 마족 처치 공헌도를 획득합니다.]

소환수 흡수를 사용하지 않았음에도 쉽게 처치가 가능했다. 그만큼 성장했다는 뜻이리라. 소환수가 대공을 막아내는 사이 최대한 많은 놈을 죽일 생각이었다. 그렇게 교환만 하더라도 무혁에게는 이익이었으니까.

유저들 호응도 좋고……!

전투가 있기 전에 몇 마디를 해서일까.

유저들이 평소보다 활발했다.

좀 더 저돌적으로 마족 무리에 뛰어들기도 했다. 그게 큰 도움이 되었다.

다시 몸을 틀면서 바르테에게 화살을 날렸다.

이번에는 연사로.

파바바방!

이후 여유롭게 최상급 마족을 처리했다. 소환수가 꽤 죽긴 했지만, 기껏해야 100여 마리였다. 데스 스켈레톤까지 포함하면 여전히 500마리에 가까운 숫자가 남은 상태라 여유가 있었다. 소환수를 제대로 희생시키는 전략으로 무혁은 이번 전투를 승리로 이끌 작정이었다.

"크허억……."

또 최상급 한 마리를 쓰러트렸다.

[군주 포인트를 획득합니다.]

그렇게 상당한 숫자를 줄였을 즈음.

"흐음……."

이제 적당히 빠질 타이밍이 왔다. 소환수도 몇 없고.

상황을 보아하니 곧 포위망이 뚫릴 것 같았다.

대공이 날뛰기 시작하면…… 피해가 걷잡을 수 없이 커지리라.

그건 피해야지.

무혁이 크게 외쳤다.

"모두 후퇴합니다!"

그에 주변에 있던 유저들이 사방으로 전달했다.

"모두 후퇴! 후퇴하랍니다!"

"후퇴합니다!"

다들 무혁의 지시를 철석같이 믿고 따라줬다.

"물러납시다, 어서!"

"뒤로 가요!"

순식간에 유저들이 전장에서 빠져나와 후방으로 물러났다. 그러는 사이 무혁은 홀로 남아 화살을 연사하면서 접근하려는 마족을 막아섰다. 천천히 물러나는 사이 바르테의 근처에까지 도달했다.

"인간, 너……!"

빅 스켈레톤, 포이즌 오우거, 설인, 본 드레이크 등등. 유난히 피통이 높고 방어력이 좋은 녀석들이 끝까지 남아 바르테를 억압했다. 그러나 언제 무너져도 이상하지 않을 정도로 위태로운 상태였다.

윈드스텝!

그에 무혁도 등을 돌린 채 전력으로 질주했다.

"도망치세요, 어서!"

빠르게 놈들과 거리를 벌렸다.

"남은 소환수 전부 뒤로 보내세요!"

"네!"

길을 막는 용도로 소환수를 던졌다.

"원거리 마법, 화살로 견제 계속해 주시고요!"

"알겠습니다!"

달려가면서 뒤도 보지 않고 공격을 퍼부었다.

그것만으로도 충분했다.

견제는 충분히 될 테니까.

"예린아!"

"오빠!"

속도를 높인 무혁은 예린과 성민우, 김지연과 합류했다. 달리면서도 의아했는지 성민우가 무혁을 쳐다봤다.

"근데 왜 도망치는 거야?"

"확실히 쓸어버리려고."

"응? 지금도 가능하지 않나?"

"대신 피해가 꽤 커지겠지."

"아아. 그러면……?"

"어. 소환수 쿨타임 돌아오면 다시 싸우려고."

"크. 퍼펙트하네."
"아직 대공은 잘 막아내고 있으니 충분할 거 같네."
"오케이!"
충분히 거리를 벌렸을 즈음.

['설인'이 역소환됩니다.]
['본 드레이크'가 역소환…….]

모든 스켈레톤이 역소환되었다.
"정지!"
이제 거리를 유지한 채 놈들을 자극할 시간이었다.

분노가 머리끝까지 치밀어오른 대공이 남은 마족을 훑었다.
"병신 같은 놈들……!"
중, 상급 마족은 절반이 넘게 죽었다. 최상급 역시 마찬가지. 이제 남은 전력이라고 해봐야 수호대 126명. 검마대 142명. 경비단 211명. 전투단은 겨우 97명이 전부였다.
"최상급만 앞으로 나와라."
"예……."
수호대에서 16명. 검마대에서 15명. 1, 2, 3전투단을 통틀어 6명.
"이게, 전부라고……?"

누구도 대답하지 못했다. 최상급 마족 75명 중에서 살아남은 숫자가 겨우 37명. 처참한 패배였다.

화는 나지만 지금 상태로 놈들을 쫓을 순 없었다.

"이 정도였던가."

처음 보고를 들었을 때와는 완전히 달랐다.

그사이 성장이라도 한 건가?

그렇다면 아주 큰 실수를 한 셈이었다.

초반에 죽였어야 했는데……!

뒤늦은 후회를 해도 소용이 없었다.

"일단 돌아간다."

"예……!"

마왕성으로 돌아가 마왕에게 보고를 올려야만 했다. 이후 마왕성의 모든 전력을 동원해서라도 놈들을 처단하리라.

굳은 결심을 했으나.

두드드드.

저 멀리서 군마를 탑승한 유저들이 달려왔다.

빠르게 거리가 좁혀졌다.

"으득……! 서둘러 후퇴한다!"

그러나 군마의 속도가 너무 빨랐다.

어느새 좁혀진 거리.

적당한 곳에서 멈춘 유저들이 공격을 퍼부었다.

각종 마법과 화살들. 날아드는 강맹한 기운의 스킬이 도망치는 마족의 뒤통수를 후려갈겼다.

콰아아아앙!

계속 거리를 유지하면 공격을 이어갔다.

이대로는 피해만 더 커질 터. 대공 바르테는 별수 없이 최상급 마족과 함께 자리에 멈췄다.

"숫자가 많지는 않으니 빠르게 처리하고 간다!"

"알겠습니다, 대공!"

인간에게 다가가려 하자 놈들은 뒤도 돌아보지 않고 도망쳤다. 군마의 속도가 상당히 빨라서 따라잡는 게 쉽지 않아 보였다.

"하……."

결국, 다시 자리에 멈춘 대공, 바르테.

혼자 갈 수도 없고! 그랬다가 죽어버리면 본인만 손해였으니까.

"다시 물러난다!"

그러자 인간 무리가 또 접근해왔다.

"이, 빌어먹을 녀석들이……!"

방법이 딱히 없었다.

"공격을 막아내면서 후퇴하라."

하지만 그것이야말로 최악의 선택이었다.

"됐다."

무혁의 소환 쿨타임이 돌아온 까닭이었다.

"자, 제대로 접근해서 포위하겠습니다!"

"가자!"

"우오오오오!"

무혁이 제일 선두로 달려 나갔다. 마족과의 거리가 좁혀진다. 이윽고 군마에서 내린 무혁이 스킬을 사용했다.

파워 대시! 파괴자의 돌진!

두 개의 접근 스킬을 연속으로 사용한 뒤.

백호검법 제2초식, 백호파!

빛이 되어 마족 무리를 덮쳤다.

파바바바밧.

한 놈씩 가격하면서 앞으로 나아갔다.

신형을 되찾는 순간.

"스켈레톤 소환."

소환수를 전부 불러내어 길을 가로막았다.

데스 스켈레톤 소환. 검뻐를 제물로 삼아 데스 스켈레톤까지 불러낸 뒤. 소환수 흡수. 아껴두었던 최강의 한 수를 펼쳤다. 발끝에서 시작된 강맹한 기운이 머리까지 차올랐다.

"후아……."

이 순간의 기분은 정말 말로 설명하기가 어려울 정도였다. 하늘마저 찢어버릴 수 있을 것만 같은 힘에 흥분감이 샘솟았다. 번들거리는 시선으로 앞에 있는 마족들을 눈에 담았다.

"이, 미친 인간이……!"

"여기가 어디라고 기어들어 오는 거야!"

"죽여!"

중앙에 위치한 무혁. 그는 분명히 마족들에게 포위된 상태였다. 누가 보더라도 위험한 상황이었으나 무혁의 표정은 평소보다 더욱 즐거워 보였다. 게다가 사실상 마족의 입장에서 살펴본다면 무혁이 포위를 당한 것도 아니었다.

두려울 정도의 기운을 지닌 인간이 중앙에 떡하니 버티고 있었고, 사방은 천에 가까운 스켈레톤이 포위망을 견고하게 구축한 상태였다. 압박을 받고 있는 것은 무혁이 아니라 마족들인 것이다.

"공격하라고!"

게다가 마족들은 입만 산 모양인지 공격도 제대로 시도하지 못했다. 무혁에게 압도된 까닭이리라.

"뭐, 언제까지 기다려 줄 순 없으니."

지금도 소환수 흡수 스킬의 유지시간은 줄어들고 있었다.

기다림은 여기까지. 공격을 해오지 않는다면 먼저 움직이면 그만이었다.

휘릭.

가볍게 검을 한 번 그었다. 가장 가까이에 있던 상급 마족 몇 명이 즉사했다.

다시 검을 휘두른다. 선이 허공을 가르자 그곳에 있던 마족의 신체가 동강 났다.

[상급 마족 처치(4/5)]

[상급 마족 처치(5/5)]

[반복 퀘스트 보상으로 마족 처치 공헌도를 획득합니다.]

퀘스트가 수시로 깨어졌다. 포인트 역시 올라갔다. 그와 비례하여 죽어가는 마족의 숫자는 늘어났다. 어느새 수십이 사라졌다.

"비켜! 물러나!"

결국, 최상급 마족과 대공이 무혁에게 다가왔다.

도망치는 건 글렀다. 싸워서 이겨야만 살아날 수 있으리라.

"저놈만큼은 반드시 죽여라!"

"예, 대공!"

하지만 지금의 무혁에겐 의미가 없었다. 상급이든 최상급이든. 심지어 상대가 대공이어도 크게 다르지 않았던 탓이었다.

쾅, 콰아아아앙!

최상급 마족 둘이 즉사했다.

"인간이 어떻게……! 도대체 어떻게!"

처음에는 불신했다. 다음엔 경악했고. 이후에는 발악했으며. 마지막엔 포기했다.

"젠장……."

산 자의 눈이 아니었다. 이미 죽어버린 자의 시선이었다.

그런 마족을.

서걱.

무혁은 무심히 베어 넘겼다.

"너는 반드시 죽여주마!"

그때 드디어 대공 바르테와 마주했다.

캉, 카가가각!

서로가 서로에게 전력으로 공격을 이어갔다.

"크윽……!"

그러나 이내, 바르테가 신음했다.

무혁의 검에 실린 힘. 그 강맹한 기운을 감당할 수 없었던 탓이었다.

흐음, 대공도 수월하네.

이 전투로 본인의 상태를 분명하게 캐치할 수 있었다. 소환수 흡수를 사용하지 않았을 때는 최상급 마족보다는 확실하게 강하고 대공보다는 조금 약한 수준. 하지만 소환수 흡수를 사용하면 대공조차 너무나 수월하게 느껴지는 수준임을 말이다. 그간의 성장도가 생각보다 더 대단했다.

그건 그렇고.

굳이 시간을 끌 필요는 없었다.

풍폭……!

백호검법을 연이어 사용했다.

1, 2, 3초식을 각 두 번씩.

"자, 잠깐……!"

다급히 손을 뻗는 바르테.

무시한 채 3초식을 한 번 더 사용했다.

[군주 포인트를 획득합니다.]

[대공 처치(1/1)]

[반복 퀘스트 보상으로 마족 처치 공헌도를 대량으로 획득합니다.]

그걸로 대공을 쓰러뜨릴 수 있었다.

"후우."

이 정도 힘이라면 마왕도 문제가 아닐 터.

쿨타임만 기다린 뒤에……!

곧바로 마왕성으로 돌격하기로 했다. 물론 지금 당장은 전장을 마무리 짓는 것이 우선이었지만 말이다.

"마무리 지읍시다!"

"우와아아아아!"

일단 포위된 최상급 마족부터 정리했다. 이후, 도망치는 상급 마족을 따라갔다. 완벽한 승리였다. 그리고 이번 전투로 유저들은 스스로의 상태를 보다 정확하게 체크할 수 있었다.

"와, 상급 마족이 생각보다 쉽던데?"

"나도!"

"저는 최상급한테도 비벼볼 만하더라고요."

"오오, 대단한데요?"

놀라울 정도의 성장이었다.

잠시 후.

1시간의 휴식을 갖고서 다시금 출발했다.

"마왕성만 점령하고 제대로 쉽시다."

"후아, 좋네요!"

어느새 옆으로 온 블랙 길드장 혁수.

"조금 긴장되기는 하는데, 괜찮겠죠?"

"뭐, 대공보다 강하긴 하겠죠."

"아아, 역시……!"

"그래도 위험하다 싶으면 후퇴하면 되니까 걱정 마세요."

"하하, 걱정은요 뭐. 그냥 기왕에 여기까지 왔으니까 조금 더 버텨보고 싶다고나 할까. 그런 거죠. 또 저주도 풀어야 하고. 흐음, 기왕이면 다른 지역 마왕도…… 흐음. 이거 말을 하다 보니까 엄청 오래 걸리겠는데요?"

"뭐, 그래도 해야죠."

"그렇죠. 최소한 저주는 풀어야 하니까요."

"네. 멈추지 않을 겁니다."

무혁은 그렇게 의지를 다졌다.

"거의 다 왔네요."

그사이에 마왕성에 당도했다.

굳건하게 닫힌 성문.

"자, 성문부터 부수도록 하죠. 동시에 공격하겠습니다!"

모두 함께 스킬을 퍼부었다.

콰아아아앙!

어마어마한 화력이 한 곳에 집중되었지만, 문은 쉽사리 부서지지 않았다.

그러나 계속되는 공격을 견딜 정도로 단단한 건 아니었다.

아주 조금씩 성문에 금이 가기 시작했다. 곳곳에서 발생한 금이 서로 마주치는 순간 균열이 일어났다.

쿠우웅!

결국 성문이 무너져 내렸다.

"일단 대기합니다!"

무혁은 스컬 스네이크를 먼저 보냈다.

혼란스러운 내부.

뒤늦게 상급 이상의 마족들이 등장하는 중이었다.

"지금 돌입합니다!"

내부로 들어선 유저들의 눈이 빛났다.

"인간? 어서 막아라!"

"적이 쳐들어왔다!"

"인간이 감히……!"

마족들이 무질서하게 달려든 탓이었다. 중, 상급 마족들이 허망하게 목숨을 잃었다. 반면에 유저들은 차오르는 포인트와 가파르게 증가하는 경험치를 보며 함박웃음을 지었다.

"크, 경험치 밭이구만."

"쓸어버리자고!"

노다지를 위한 최고의 장소였다. 서서히 눈이 돌아갔다. 너나 할 것 없이 전방으로 나아갔다.

"내가 먼저야!"

"쓸어버려!"

어느새 마왕성의 내부 중앙에 위치한 드넓은 광장에 도착했다. 그 순간 이변이 발생했다. 거친 진동과 함께 달려들던 마족들이 동시에 뒤로 물러났다.

"어……?"

순간 그들의 모습이 사라졌다.

"뭐야? 없어졌잖아?"

뒤이어 또 한 번 진동이 울렸다.

마족이 사라졌던 경계선. 거기에 거대한 균열이 발생하더니 이내 유리처럼 깨어졌다.

일종의 환각 결계였다. 그 결계 내부에서 대기하고 있던 최상급 마족 다수가 마기를 뿜어내기 시작했다. 마기에 압도되어 몸이 굳어졌다.

"인간들이여."

그 순간 성문 쪽에서 마족이 등장했다. 그의 존재감은 월등했다. 한눈에 놈이 마왕이라는 것을 모든 유저들이 깨달을 정도였으니까.

"너희는 이곳에서 모두 죽을 것이다."

포위당한 채, 다시 전투가 이어졌다.

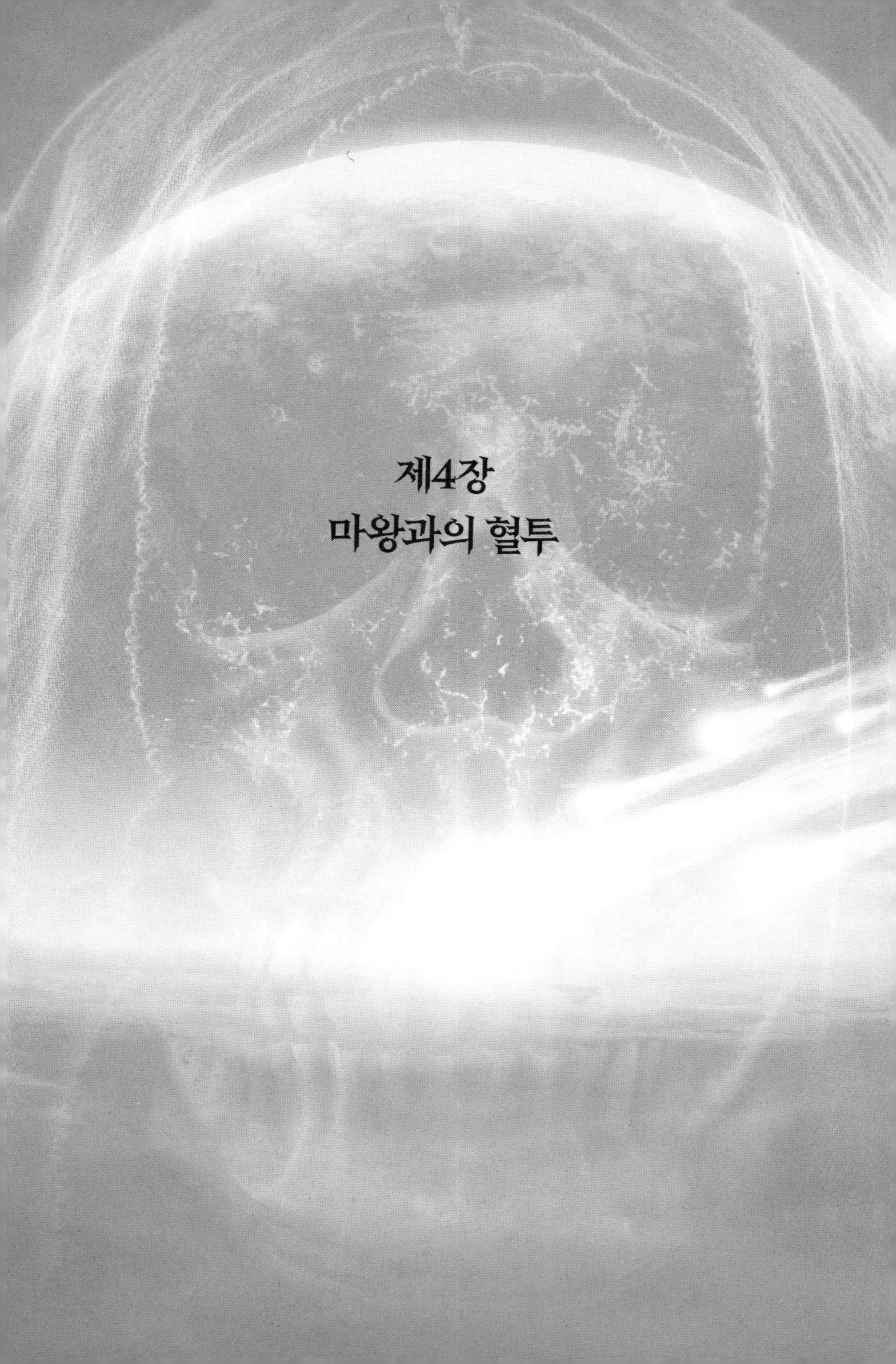

제4장
마왕과의 혈투

무혁도 예상하지 못한 상황이었다.

존재감이 엄청난데?

환상 결계라는 게 존재할 줄은 몰랐으니까.

"괜찮겠냐? 이거 포위된 상태인데?"

"어쩔 수 없지."

이미 사방에서 마족들이 달려드는 상태였기에 도망칠 수도 없었다.

"하, 포위당하니까 진짜 할 게 없네."

막상 마족과 전투를 벌여야 하는 유저의 숫자는 적었다. 가장 바깥쪽에 위치한 이들만이 강한 압박을 받았으니까. 그 탓에 안쪽에 있는 유저들은 마법사나 궁수가 아닌 이상 아무것도 할 게 없었다.

"미친. 공격하기도 애매하고."

"흐음……."

공격을 하려고 해도 하늘로 쏘아 보내야만 했다. 자연스럽게 정확도는 낮아졌고 그 탓에 큰 피해를 기대할 수도 없었다. 반면에 마족들은 뭉쳐 있는 인간에게 마기를 마구잡이로 쏘아 보내기만 해도 되었다. 이 차이는 생각보다 컸다.

"강제로 뚫고서라도 바깥으로 가야겠다."

"그래야겠지?"

"어. 제일 좋은 건……."

"좋은 건?"

"내가 마왕을 쓰러뜨리는 거겠지."

무혁의 눈동자가 번들거렸다.

가능할까?

고민 보다는 행동이 필요한 시점이었다.

"네가 바깥쪽으로 움직이면서 마족들 좀 상대해 줘라."

"버티기만 하면 되지?"

"어. 최대한 오래."

"오케이."

"예린이랑 지연이도 부탁할게. 죽지 말고."

"걱정 마, 오빠."

"잘할게……!"

"그래, 믿고 간다. 참, 정령 좀 부탁하자."

길게 말하지 않아도 되었다.

"정령 소환."

함께 다니면서 이젠 어떤 의미인지 바로바로 캐치가 되었으니까.

"조금 이따가 보자."

길게 호흡을 내뱉은 무혁이 바닥을 찼다. 하늘로 뛰어오른 무혁의 앞으로 성민우의 정령 한 마리가 자리를 잡았다. 여유롭게 정령의 등을 밟은 뒤에 다시 한번 도약했다. 그렇게 몇 번을 반복한 덕분에 포위망 지근거리까지 도달할 수 있었다.

풍폭, 파괴자의 돌진.

허공에서 스킬을 사용해 최상급 마족 한 놈을 들이박았다. 검을 휘둘러 처리하고 드러난 구멍으로 진입했다.

저 멀리 보이는 마왕.

풍폭, 파워 대시.

놈에게 접근했다.

"네 녀석이군."

무혁의 돌진을 한 손으로 막아낸 마왕이 읊조렸다.

"대공을 죽인 게 네놈이 맞겠지."

"그렇다면?"

"그래, 오랜만에 몸이라도 풀 수 있겠군."

중간계에 저주를 내리면서 힘을 소진했다. 그 탓에 본래보다는 많이 약해졌다고는 하지만 그래도 걱정은 하지 않았다. 마왕, 그 역시 숨겨둔 한 수가 있었으니까.

"죽어라."

마왕의 눈이 붉어졌다. 이내 한 줄기 핏방울이 되어 떨어졌다. 그러자 사방에서 무언가가 울어댔다.

키아아아아악!

마치 원귀가 발악하는 것처럼.

"먹어라. 그리고……."

직후 핏방울이 사방으로 퍼졌고 원기가 그것을 받아먹었다. 그제야 만족스럽다는 듯, 킬킬거리며 웃더니 마왕의 머리 위로 날아와 흡수되었다. 그 과정에서 발생한 강력한 힘은 무혁의 접근을 불허했다.

"삼켜라. 나의 생명력을."

거짓말처럼 마왕의 마기가 가라앉았다.

불꽃처럼 타오르던 힘이 환상이었던 것처럼 사라졌다.

그런데 왜일까.

"으음……."

그 모습을 지켜보는 무혁이 멈칫거렸다.

보이진 않지만 느껴졌던 것이다. 마왕, 놈의 내부에 도사리고 있는 강대한 힘이.

참, 나.

아무리 게임이라지만 이런 것까지 느껴지다니.

이건 절대 그냥 이길 수 없었다.

스켈레톤 전원 소환. 검뼈 절반 희생. 데스 스켈레톤 소환.

MP 회복 물약을 마신 뒤 남은 검뼈를 희생하여 데스 스켈레톤 1천 마리를 더 불러냈다. 어마어마한 스켈레톤 병력이 마왕 한 놈을 포위했다. 데스 스켈레톤만 2천 마리에 정예라고 할 수 있는 아머 스켈레톤만 306마리였다.

총 2,306마리. 소환수 흡수. 덕분에 잠깐이지만 말도 안 되는 스탯을 가지게 되었다.

"후아……."

다시 마왕을 쳐다봤다. 괜히 웃음이 나왔다. 그의 갈무리된 기운이 생각보다 약해 보인 까닭이었다.

마왕도 무혁의 변화를 느꼈다.

표정은 그대로였지만 내심 큰 충격을 받았다.

이게 무슨?

마계의 드넓은 땅. 그중에서도 동쪽 구역을 차지한 왕, 카베론 타자크가 바로 그였다. 같은 마왕이 아니라면 경계심조차 느껴본 적이 없었다. 중간계에 저주를 풀면서 힘이 줄어든 게 아니었다면 대공에게 관심도 두지 않았을 것이다.

그럼에도 불구하고 크게 걱정하지 않았던 것은 비장의 한 수, 생명소진이 있었기 때문이다. 그런데 겨우 한낱 인간 따위에게 지금 긴장하고 있었다. 숨겨놓은 힘을 탈탈 털어버린 지금 상태에서도 말이다.

"인간이 어찌……!"

"말은 됐고."

무혁이 웃으며 다가왔다.

"이제 끝을 보자고."

접근하여 검을 휘둘렀다.

캉, 카가각!

타자크가 손톱으로 막아냈지만 스탯에서 너무 큰 차이가 났다. 무혁은 여유로웠고 타자크는 전력을 다해 버텨낼 뿐이었다.

"끄읍……!"

조금씩, 뒤로 밀려났다. 그 순간 타자크의 후미에 있던 아머나이트가 검을 내질렀다.

터엉.

스탯이 부족해 큰 타격을 주진 못했다.

하지만 한 마리가 아니었다.

-강한 일격.

-강한 일격.

-강한……!

무수한 아머나이트가 끊임없이 공격을 퍼부었다.

-가속 찌르기!

아머기마병 역시 마찬가지.

-파워샷.

-아이스 피스트.

-윈드 스톰.

기마궁수와 아머메이지도 손을 거들었다.

이젠 무시할 수 없었다. 그러나 앞에서 무혁이 공격하는 바람에 등 뒤를 신경 쓸 겨를도 없었다.

황급히 마기를 사방으로 폭사시켰다. 그 마기에 깃든 음울한 기운이 무혁과 스켈레톤을 휘감았다.

꽤나 많은 데스 스켈레톤이 터졌지만 그래 봐야 수십 개체일 뿐이었다.

끝나지 않는 공격. 사라지지 않는 포위망.
그 속에서 마왕은 목숨의 위협을 느꼈다.
풍폭, 백호검법……!
무혁의 강맹한 공격에 더욱 그러했다.
퍼버버버벅!
황급히 손을 휘저었다.
"잠깐, 잠깐……!"
무혁은 멈추지 않았다.
"마계에 와서 이렇게까지 하는 이유는 저주 때문이겠지? 내가 일부 해결해 주겠다!"
그 말에 처음으로 무혁의 표정이 변했다.
공격을 멈추고 빤히 마왕을 쳐다봤다.
"해결해 준다고?"
"그래. 전부는 아니지만, 일부는 해결할 수 있다. 나의 힘이 깃든 저주니까."
"뭐……?"
무혁의 미간이 찌푸려졌다.
"너의 힘 일부라고?"
"그렇다."
"그 말은 설마…… 다른 마왕도 가담했다는 소리인가?"
"당연하다."
"……."
"나를 비롯해 나머지 마왕 전부를 쓰러트려야 저주가 풀리겠지. 하지만 꼭 죽여야만 하는 건 아니다. 저주를 건 당사자가 피해를 감수한다면 저주가 해제된다."

"그래서?"

"날 살려다오. 그럼 내가 걸었던 힘만큼의 저주는 풀어주겠다. 더불어서 다른 지역의 마왕이 건 저주의 진행도를 낮춰주마."

앞선 제의만이라면 거절할 생각이었다. 그냥 죽여도 똑같을 테니까. 하지만 뒷말은 그냥 넘길 수 없었다.

"진행도를 낮춰준다고?"

"그래. 이미 중간계에서 저주는 상당히 진행되었을 터. 내가 큰 도움이 될 것이다."

"결국, 살려달라는 건데……."

"그렇다."

"당당하네. 좋아, 맹세는?"

"당연히 하겠다."

대화를 나누면서도 고민이 되었다.

그냥 죽일까?

그로 인해 얻게 되는 이득이 적지 않을 터.

포인트가 몇 점이려나.

하지만 그 순간 마왕이 또다시 입을 열었다.

"마왕성 권한 역시 그대에게 주겠다."

그 말에 마음을 굳혔다.

"좋아. 맹세부터. 100년이면 되겠지. 내 이름은 무혁이다."

"알겠다. 나 동쪽의 마왕 카베론 타자크는 100년간 무혁, 그

대의 말에 절대 복종할 것을 맹세한다. 맹세를 어길 경우 마기의 벌을 받아 그 즉시 목숨을 잃게 될 것이다."

[마왕 '카베론 타자크'가 맹세를 합니다.]
[받아들이겠습니까?]

당연히 받아들였다.
"마족을 뒤로 물려라."
"알겠다. 모두 물러나라!"
마왕의 말에 유저를 포위하고 있던 상급, 최상급 마족들이 전투를 멈추고 거리를 벌렸다. 그에 얼떨떨한 표정을 짓고 있던 유저들의 표정이 이내 환해졌다.

[퀘스트 '동쪽 마왕성을 무너뜨려라'를 클리어합니다.]
[무법지대의 마왕 '무혁'이 전쟁에서 승리했습니다.]
[동쪽 마왕성이 유저 '무혁'에게 귀속됩니다.]
[기존의 동쪽 마왕 '카베론 타자크'는 대공으로 조정됩니다.]
[대량의 경험치를 획득합니다.]
[레벨이 상승합니다.]
[레벨이…….]
[군주 포인트를 대량으로 획득합니다.]
[마족 처치 공헌도를 대량으로…….]

상황은 빠르게 정리가 되었다.

상급 마족 수백. 최상급 마족 오십 정도가 무혁의 소유가 된 것이다. 더불어 마왕, 카베론 타자크까지.

"크, 무혁 님 대박입니다!"

"결국 마왕성까지 정복하셨네요."

"아, 감사합니다. 다들 도와주셔서 가능했던 거죠."

"흐흐. 뭘요. 덕분에 저희도 보상 엄청나게 받았는데요."

"맞아요. 감사해요!"

"뭐, 이제 시작이죠. 아직도 세 곳이나 남았잖아요."

"아, 그랬죠?"

"와. 거기까지 다 점령하면……!"

많은 유저들이 다시 한번 미소를 지었다.

"엄청나게 성장해 있을 겁니다."

"무혁 님이 그렇게 말해주니까 더 확신이 드네요."

"뭐, 일단은 쉬죠."

"아, 그래야죠!"

"다들 고생했으니 편하게 쉬겠습니다. 그리고 마왕성 보물 창고에 들릴 분은 언제든 찾아오시면 됩니다. 군주 포인트 소모해서 마왕성 내부 물건 구매할 수 있는 건 아시죠?"

"아, 그랬죠!"

"저, 지금 가도 될까요?"

"그럼요."

"저도요!"

수백 명의 유저가 보물 창고에 입장하기를 희망했다.
“전부 다녀오세요. 오발루트.”
“예!”
“보물 창고 위치를 타자크에게 들은 뒤에 전부 안내 좀 해줘.”
“알겠습니다.”
타자크는 바로 오발루트에게 위치를 알려줬다.
“타원형 탑의 오른쪽, 네모난 건물. 쉽군요.”
“그렇다.”
“자, 그러면 저를 따라오십시오.”
오발루트를 따라 수백의 유저들이 이동했다.
“카베론. 넌 나 따라오고.”
“알겠다.”
“근데 반말은 고칠 수 없어?”
“음. 노력해 보겠다.”
혀를 차며 뒤를 돌아봤다.
성민우, 예린, 김지연이 보였다.
“어서 가자.”
“응!”
“크, 마왕성 구경 제대로 하겠네.”
함께 마왕성 내부에서 가장 거대한 건물로 향했다. 중앙에 위치한 그 건물을 보는 순간 무혁을 포함한 모두가 놀랐다. 넓기도 넓었지만, 그보다는 높이가 상당했다.
“거의 25층 수준은 되겠는데?”

원형 모양의 탑. 꼭대기가 마왕이 지내는 곳이었다.

“저기야?”

“그렇다.”

“흐음.”

함께 원형의 탑으로 진입했다.

상당히 넓은 홀. 한 편에 배치된 마법진에 올라섰다. 타자크가 마기를 주입하자 마법진이 발동했다. 네 사람과 마왕을 꼭대기까지 이동시켜주는 운반수단이었다.

일종의 엘리베이터랄까.

순식간에 도착한 탑층.

“호오.”

생각보다 안락함이 느껴지는 공간이었다.

왼쪽에 위치한 넓은 공간. 거기에 놓인 원형 탁자의 앞에 앉았다.

“일단 저주부터 풀자고.”

“알겠다.”

마왕이 무혁의 맞은편에 앉았다.

“후우.”

긴 호흡과 함께 눈을 감았다.

끓어오르는 마기. 혼란스러운 듯 휘몰아치더니 서서히 가라앉았다.

[하위 에피소드 ‘저주의 해제’에 변동이 발생합니다.]

[저주의 해제]

[일루전 NPC 모두가 저주에 걸렸다. 시간이 지날수록 생명력이 소진되면서 차츰 앓게 되고 결국 목숨을 잃게 되는 저주다. 저주를 풀기 위해서는 해당 저주를 만든 마왕을 쓰러뜨려야만 한다.

-진행 상황.

1. 동쪽 마왕의 생명력 소진으로 저주의 일부가 해제되었습니다.

2. 동쪽 마왕의 생명력 소진으로 저주의 진행속도가 다소 느려집니다.]

[성공할 경우 : ?]

확실한 변화가 있었다. 마왕 타자크가 말한 그대로의 내용에 진행 상황으로 나타난 것이다.

"후읍, 후아……."

그 반작용이었을까. 타자크의 안색이 파리해졌다.

"자, 잠깐 쉬겠다……."

"흐음. 꽤 타격이 큰 모양인데?"

"그렇다."

방금 전까지만 해도 엄청난 기운을 발산하던 타자크였다.

그러나 지금은?

아무리 좋게 봐줘도 최상급 마족의 수준이었다.

"힘을 소진한 건가?"

"맞다."

"회복하려면?"
"본래의 힘을 완벽하게 회복하려면 적어도 50년은 걸린다."
무혁의 미간이 살짝 찌푸려졌다.
아쉽네. 강한 전력이었는데.
하지만 저주가 일부 해소되고 진행도가 느려졌으니 결코 손해는 아니었다.
"오빠, 어떻게 된 거야?"
"퀘스트 봤어?"
"응. 방금."
"여기 타자크가 한 거야."
"아……! 그래서 안 죽였던 거구나."
"응. 뭐, 해야 할 일은 대충 끝났으니까 일단 좀 쉬자."
"좋지! 그런 의미로 창고 구경하러 가자. 응?"
"아, 그럴까?"
안 그래도 한 번 확인은 해야 하는 곳이었다.
"나는 콜!"
성민우와 김지연도 호응했다.
"그래, 그러면 한 번 가보자."
지친 기색이 역력한 타자크가 다시 마법진을 발동시켜줬다. 순식간에 1층으로 내려온 네 사람은 탑에서 나가 근처를 훑었다.
"저기인가?"
"맞네. 유저들 많이 가는 거 보니까."
네모난 건물의 입구와 가까워졌다.

"오, 무혁 님도 보시게요?"

"아, 네. 여기 창고 맞죠?"

"맞아요."

창고가 넓었기에 유저가 많았음에도 그리 불편하지는 않았다.

"물건이 꽤 많네."

제대로 하나씩 살펴보려는 찰나였다.

[유저 '방망이'가 동쪽 마왕성 보물 창고에서 '카리브의 도끼'를 구매했습니다. 마왕성에 군주 포인트(35,000점)가 귀속됩니다.]

마왕성에 귀속?

급히 설정창을 확인했다.

[동쪽 마왕성]

마왕 : 무혁

대공 : 1명(카베론 타자크)

최상급 마족 : 51명

상급 마족 : 192명

중급 마족 : 355명

군주 포인트 : 431,667점

군주 포인트가 상당했다.

이거 쓸 수 있나?

가만히 군주 포인트를 눌러봤다.

[군주 포인트의 10%를 개인적으로 사용할 수 있습니다. 나머지 90%는 오직 마왕성의 성장을 위해서만 사용할 수 있습니다.]

무혁의 입꼬리가 올라갔다. 10%. 결코 적지 않은 수치에 절로 기분이 좋아진 까닭이었다.

그럼 지금은 43,166점인가.

[유저 '다이아'가 동쪽 마왕성 보물 창고에서 '묵궁'을 구매했습니다. 마왕성에 군주 포인트(37,000점)가 귀속됩니다.]

순간 소름이 돋았다.

미친……!

여기 있는 무수한 유저들 중에서 아이템을 50명이 구매한다면? 그것만으로도 20만 점에 가까운 군주 포인트를 사용할 수 있게 될 터였다.

허, 이거 장난 아니잖아.

동쪽 마왕성을 차지했다는 것이 얼마나 놀라운 일인지를 실감하는 순간이었다.

마왕성의 보물 창고. 그곳을 돌아다니고는 있었지만 사실 물건에 조금도 집중이 되지 않았다. 수시로 떠오르는 홀로그램에 정신이 모두 빼앗긴 탓이었다.

허, 이번에는 5만 점?

생각보다 포인트를 많이 모은 유저가 많았다.

음, 15,000점. 이번엔 5,000점이네.

물론 대다수는 2만 점도 되지 않았다.

[유저 '호구'가 동쪽 마왕성 보물 창고에서 '셀린의 반지'를 구매했습니다. 마왕성에 군주 포인트(10,000점)가 귀속됩니다.]

그럼에도 기쁘기만 했다. 1만 점이면 1천 점이 무혁의 소유가 되는 것이었으니까. 그리 큰 점수는 아니었지만, 그 홀로그램이 열 번, 스무 번씩 떠오른다면 이야기가 전혀 달라진다. 게다가 벌써 서른 번 이상의 홀로그램이 떠올랐다. 그럼에도 여전히 창고를 돌아다니는 유저들이 많았다.

"오, 여기 아이템 장난 아닌데?"

"포인트만 더 있었어도……!"

"몇 개 샀냐?"

"난 두 개."

"부럽다. 난 하나밖에 못 사겠던데."

"비싸긴 하지."

"그래도 겁나게 좋더라."

"흐흐. 이제 시작이라는 거 아니겠냐."

"그렇지. 서쪽, 남쪽, 북쪽 마왕성도 점령하겠지?"

"당연하지!"

"캬, 겁나 기대된다. 진짜."

아마도 기대라는 부분에 있어서는 무혁이 누구보다도 높을 것이다. 이번 동쪽 마왕성을 점령하면서 진심으로 다른 곳도 점령하고 싶은 욕구가 무럭무럭 솟구쳤으니까. 비단 중간계의 저주해제를 위해서만이 아니라 스스로의 강함을 위해서라도 말이다.

뭐, 이미 충분히 강하지만 더 강해진다고 나쁠 건 없을 테니까.

이내 고개를 저었다.

흠, 나도 아이템이나 좀 봐야지.

조용한 가운데 아이템을 천천히 살폈다.

나쁘진 않은데.

물론 일반 유저의 기준이었다.

무혁의 입장에서 보자면?

딱히 구매해야 할 정도로 가치 있는 아이템은 없다고 볼 수 있었다. 그래도 혹시라도 하나라도 있을까 싶어서 구석구석을 살펴봤다.

흠, 없나?

아쉬움에 고개를 돌렸다.

어?

그때 시야의 사각지대라고 해야 할까. 아무튼, 구석진 그늘 속에 검은 형체가 보였다. 다가가서 확인하니 기묘한 문양을 지닌 검집이었다.

[마검의 검집]

힘, 민첩, 체력 +50
모든 스탯 +50
내구도 무한.
착용 제한 : 마왕.

[특수옵션]
1. 아이템 카피(검집에 한하여 능력치를 영구적으로 카피한다. 단, 하나의 검집만 가능)
2. 아이템 강화 가능
[필요 군주 포인트 : 100,000]

무혁의 눈이 빛났다.

강화 가능이라고?

악세서리와 마찬가지로 검집도 강화가 되지 않았다. 그래서 지니고 있던 검집도 강화하지 못한 상황이 아니던가.

카피까지 가능하면……!

무조건 구매하는 게 맞았다.

필요한 포인트가 10만 점.

모였으려나?

급히 마왕성 상태를 확인했다.

군주 포인트 : 1,902,331점

무려 190만 점이 모인 상태였다.

10%니까……! 19만점은 사용할 수 있었다.

[아이템 '마검의 집'을 구매하는데 마왕성 군주 포인트(100,000)를 사용하겠습니까?]

[구매가 완료되었습니다.]

무혁은 왼손에 해당 검집을 쥐고 오른손으로는 기존에 지니고 있던 검집을 쥐었다.

아이템 카피. 그러자 기존 검집의 능력치가 옮겨갔다.

더 이상 볼 것도 없었다.

강화부터 해야지!

들뜬 기분으로 마왕이 기거하는 곳으로 이동했다.

"오발루트?"

"예!"

"마침 잘 왔네. 같이 가자."

"알겠습니다."

원형 모양의 탑. 내부로 들어선 무혁은 오발루트에게 마법진을 발동시키게 했다.

"1시간 뒤에 와. 내가 마기가 없어서."

"예. 그때 오겠습니다."

"수고하고."

꼭대기로 이동한 무혁은 조용한 방으로 들어가 검집을 강화하기 시작했다.

장인의 강화.

스탯을 올리기 위해 장인의 강화를 택했다.

카앙, 캉!

망치질 소리가 오랜만에 귓가를 울렸다.

잠시 후.

몇 번의 실패 끝에 목표로했던 9강에 도달했다.

좋았어!

곧바로 옵션을 확인했다.

힘, 민첩, 체력 +50(+220)

모든 스탯 +35(+154)

아이템 하나로 엄청난 스탯이 증가했다.

후, 이거 정말.

이제는 마왕이 온전한 힘을 지니고 있다고 해도 상대할 수 있을 것 같았다.

나머지 구역도 빠르게 점령해야겠어.

그리고 혹시나 있을지 모를 더 강한 녀석을 대비해서 보다 많은 유저를 끌어들이기로 했다. 그들 모두가 강해지면 상대하기가 한층 수월해질 테니까. 물론 다른 이유도 있었다.

유저가 많을수록 점령 이후, 보물 창고에서 아이템을 구매할 확률이 증가할 터.

10%는 내 몫이니까.

어쩌면 그 부분이 더 주된 목적일지도 몰랐다.

이틀 정도는 쉬어야겠네.

마침 오발루트가 꼭대기로 왔다.

"내려가자."

"예."

그의 도움을 받아 이틀간 휴식을 취한다고 밝혔다.

"그때까지 피로를 풀어두세요. 이틀 뒤에 다시 점령을 위해 떠날 거니까요."

이야기를 하고 마왕성 내부를 돌아다녔다.

그래도 이제 내 소유니까.

어떤 건물이 있는지, 뭐가 있는지 정도는 알아둬야 했다.

게다가 마족들도.

중앙 광장은 유저로 북적거린 탓일까.

마족이 보이지 않았다. 보이는 마족이라고 해봐야 무법 도시에서 함께하던 녀석들이 전부였다. 이곳 동쪽 마왕성에 속한 마족은 외곽으로 나아가니 조금씩 보이기 시작했다.

"마왕님을 뵙습니다!"

무혁을 보는 순간 모두 인사를 해왔다.

아마도 시스템적인 인식이리라.

그게 아니더라도 실력으로 마왕의 자리를 차지했으니 그에게 반발할 이들은 없었다.

"쉬어."

"예!"
두 시간가량을 구경했다.
생각보다 크네.
그러다 외진 곳에 위치한 우물을 발견했다.
별생각 없이 그곳으로 향했다.
우물? 물은 있나?
호기심에 아래를 내려다봤다.

[자격을 만족합니다.]
[시험장으로 이동합니다.]

갑작스레 우물에서 빛이 뿜어지더니 무혁을 삼켜 버렸다.

무혁이 눈을 떴다.
"크, 뭐야……?"
앞을 바라보니 검은 형상의 무언가가 떠 있었다.
-이방인이여, 환영한다.
"음?"
-이곳은 3차 수련관. 그대는 자격을 증명하였기에 이곳으로 이동되었다.
순간 무혁의 눈이 커졌다.

"3차 수련관이라고? 여기가?"

-그렇다.

그렇게 찾아 헤맸던 곳 중에 하나가 아니던가.

하, 그게 여기에 있었다니.

마계, 그것도 마왕의 성 내부에 있으니 당연히 찾지 못할 수밖에.

-시험을 시작하겠는가?

"아, 그래. 시험. 해야지."

-그대에게 행운이 깃들기를.

그 말과 함께 공간이 변했다.

[제3단계 수련관 퀘스트]

[소환수 500마리를 불러내어 교관의 인정을 받아라.]

[성공할 경우 : 소환수의 인격 성장, 칭호.]

[실패할 경우 : 재도전 불가.]

시험을 본 무혁이 고개를 갸웃거렸다.

소환수 500마리?

그게 끝인가 싶은 생각이 들었다.

아, 아니지.

사실상 데스 스켈레톤 소환이 없다면 지금 당장 소환수 500마리를 불러내는 것은 불가능하다고 할 수 있었다.

아마도 레벨이 적어도 350은 되어야 가능하지 않을까. 그때까지 꾸준히 스킬을 사용해서 스킬의 레벨을 높이면 어찌어찌 500마리는 불러낼 수 있을지도 몰랐다.

내가 규격 외라는 건가.

무혁은 애매한 미소를 지으며 스켈레톤을 불러냈다.

검뻐를 희생한 데스 스켈레톤까지.

['제3단계 수련관 퀘스트'를 클리어합니다.]

[스켈레톤의 인격이 성장합니다. 일부 스켈레톤에게서 지휘자의 문양을 발견했습니다. 해당 소환수에 한해서 인격의 성장과 더불어 스킬 '정신 소통'이 오픈됩니다.]

[칭호 '3차 수련관 통과자'를 획득합니다.]

[칭호 '최초이자 최후의 통과자'를 획득합니다.]

찾기는 어려웠지만, 클리어는 쉬웠다.

대신 보상은 확실했다. 소환수들의 인격 성장과 더불어 칭호도 무려 2개나 획득했다.

통과자. 그리고 최초이자 최후.

어떤 효과를 지니고 있는지부터 확인했다.

칭호 2개로 모든 스탯이 30이나 올라갔다.

후, 제대로 보상받네.

마왕성을 점령하는 과정은 힘겨웠다. 시간도 오래 걸렸고.

하지만 점령을 하고 나니 보상이 끝도 없이 들어왔다.

운수 좋은 날이었다.

무혁의 마왕성 점령을 주제로 홈페이지가 뜨거워졌다.

[제목 : 저 중간계에 있거든요. 사실 여자친구가……!]

[내용 : 여자친구가 NPC랍니다. 하하, 아무튼 저주 때문에 계속 피곤해하고 시름시름 앓더라고요. 나날이 심해졌는데 오늘 갑자기 딱! 기운을 차리지 뭐에요? 물론 저도 홀로그램으로 상황을 파악했죠! 진심으로 무혁 님, 그리고 마계에서 동쪽 마왕성 토벌하신 유저님들, 존경합니다. 사랑합니다! 앞으로도 계속 토벌해서 저주를 완벽하게 해결해 주세요!]

└아, 짜증 난다. 여자친구……!

└허, NPC가 여친이라고? 능력 좋네.

└부럽다, 젠장!

└나도 솔로 탈출하고 싶다고오오!

└하, 이걸 저주할 수도 없고.

└ㅋㅋㅋㅋㅋㅋㅋㅋ 좋은 일이긴 하네. 난 기분이 더럽지만.

└아무튼 축하한다.

물론 애매한 글도 있었다. 하지만 대부분이 부럽다는 둥, 고맙다는 둥, 그리고 함께하고 싶다는 내용이었다.

그러던 와중 올라온 글 하나.

[제목 : 마왕성 토벌 보상이 대박이라더라]

[내용 : 저도 들은 이야기입니다. 마왕성 토벌하고 보물 창고에 들어갔더니 아이템이 아주 그냥 휘황찬란했다고 하더군요. 군주 포인트도 꽤 쌓여서 엄청 많은 유저들이 좋은 아이템 하나씩은 구매한 걸로 압니다. 일부 유저는 모아두고 있더군요.

다음 성 토벌한 다음에 거기서 더 좋은 아이템 구매할 거라면서……! 게다가 마족 처치 공헌도로 보석도 꽤 박았는지 스탯도 엄청나게 늘었다고 하네요.

저는 시간이 안 맞아서 그냥 혼자 마계에서 마물이나 잡고 있는데 제 친구는 백수라 무혁 님이랑 같이 움직였거든요. 아직 만나지는 못했는데 자기 말로는 마계에 오기 전이랑 비교해서 스탯이 거의 두 배 가까이 증가했다고 하네요. 저는 기껏해야…… 어휴. 말해봐야 저만 슬프죠.

아무튼 이번에 기대하고 있습니다. 마침 추석 연휴잖아요. 저 월차, 년차 모아뒀던 거. 안 쓰고 아껴뒀던 거 이번에 다 쓸 겁니다. 그래서 3주 가까이 쉴 건데요. 그 시간 동안 따라다니면 토벌 한 곳 정도는 가능하려나요?ㅠㅠ 으으, 제발 가즈아아아!]

└오우, 나도 간다!

└와, 저랑 같은 생각하신 분 발견. 반갑네요.

└저도 2주 넘게 쉬는데!

└허미 3주나 되나요? 저도 17일 정도 쉬긴 하던데…….

└뭐지? 추석 연휴 때 이렇게 다들 쉬면 우리나라 돌아가긴 할까?

갑자기 걱정이다.

ㄴ그런 걱정 말고. 님도 쓰세요.

ㄴ이미 썼어요.

ㄴㅋㅋㅋㅋㅋㅋㅋㅋㅋㅋ

잊어버리고 있었던 사실을 일깨워 줬다.

추석 연휴. 수십 년 만에 찾아온 그 어마어마한 연휴에 월차와 연차까지 써버리겠다는 사람들. 그렇게 많은 이들이 무혁과 함께할 준비를 했다.

다크의 표정이 굳었다.

[대공 '바록'이 사망했습니다.]

[대공 바록과의 계약이 해지됩니다. 계약으로 얻었던 힘이 서서히 줄어듭니다. 새로운 계약을 맺을 경우 대공 바록의 흔적은 완벽하게 소멸합니다.]

허탈한 심정이 올라왔다.

"이럴 수가……."

얼마나 노력했는데.

그 힘이 이렇게나 허무하게 사라지고 있었다.

"하……."

스탯창을 열어 확인해 봤다. 벌써 스탯이 2개씩 줄었다.

시간이 흐를수록 더 많이 줄어들 게 분명했다.

새로운 계약자를 찾아야 돼. 그리되면 바록 덕분에 얻은 힘이 전부 소모되겠지만 새로운 계약자의 힘이 들어올 것이다.

적어도 대공. 가능하면 마왕을……!

가장 먼저 떠오른 것은 동쪽 마왕성의 마왕이었다.

대공은 죽었지만, 설마 마왕을?

그건 아무리 생각해도 불가능하다 싶었다.

그래, 찾아가 보자.

그렇게 길드원과 함께 길을 나섰다.

얼마 지나지도 않아.

[무법지대의 마왕 '무혁'이 전쟁에서 승리했습니다.]

[동쪽 마왕성이 유저 '무혁'에게 귀속됩니다. 기존의 동쪽 마왕 '카베론 타자크'는 대공으로 조정됩니다.]

다크를 비롯한 길드원 전부 자리에 멈췄다.

"대장……!"

"이게 무슨! 도대체 어떻게 된 거야?"

"나, 나도 모르겠다."

다크는 황망히 중얼거렸다.

"이런 미친!"

"하, 이제 어쩌지?"

"다른 곳으로 가야 하는 거 아냐?"

"그냥 동쪽 마왕성으로 가보는 건 어때?"

"미쳤냐? 죽으려고?"

"같은 유저잖아, 그래도."

"장난해? 우리가 마계에 붙었다고 치를 떨고 있을 텐데. 어휴."

"하, 그럼 어쩌자고!"

"다른 데로 가자고 했잖아!"

"×발. 다른 마왕성 가면 마족들이 우리 반겨줄 거라고 보냐? 그 새끼들도 우리 인간이니까 그냥 공격부터 할걸?"

"빌어먹을……!"

모두가 다크를 쳐다봤다.

"대장! 어떻게 좀 해보자고."

"……."

다크는 침묵했다. 그러나 가만히 기다릴 길드원은 아니었다.

계속해서 추궁했고 결국, 그는 극단적인 선택을 하고야 말았다.

"일단은……."

"일단은?"

"동쪽 마왕성으로 간다."

"뭐……?"

"무혁, 그자와 담판을 짓겠다. 어떻게 해서든지."

"으음. 그렇다면야."

“일단 대장 한번 믿고 가보자고.”

“그래, 가자고. 까짓거.”

“잘못되어 봐야 한 번 죽는 것밖에 더 있겠어?”

“맞아, 맞아.”

그렇게 다크를 선두로 하여 동쪽 마왕성으로 이동했다.

머지않아 도착한 그곳. 저 멀리 마왕성이 보였다.

입구부터 달랐다.

“길이 열려 있네?”

“그러게.”

그 길로 우글거리는 유저들이 보였다.

활기찬 느낌이었다. 꽤나 거리가 좁혀졌다.

“크흐흐. 이번에 창고에서 얻은 아이템이 대박이라니까.”

“나도. 진짜 오길 잘했어. 그치?”

“그럼, 그럼.”

낮게 들려오는 목소리에 다크를 비롯한 길드원 전부의 표정이 일그러졌다. 저들이 부럽다는 생각도 들었고. 또 여기서 싸움이 나면 어쩌나, 싶어 걱정도 되었다. 그 순간 떠들던 유저들이 고개를 돌렸다.

“어……?”

성 밖에서 접근 중인 다크와 길드원을 확인한 것이다.

“다크 아냐?”

“뭐? 다크? 그 미친놈이 여기가 어디라고 오겠…… 어, 왔네.”

“맞네, 다크.”

“와. 얼굴에 철판 깔았나? 여기를 와?”

“죽여 버리지, 뭐.”

“그럴까.”

“랭킹 2위라 쌔긴 하겠지만, 우리도 많이 성장했잖아. 제대로 붙어볼 만하다고.”

“흐흐. 동감.”

그 말을 분명히 들었음에도 다크는 덤덤한 표정으로 묵묵히 나아갔다. 성문을 코앞에 두고서야 걸음을 멈췄다.

“무혁을 만나러 왔다.”

“뭐라는 거야?”

“무혁을…….”

“그냥 뒤져!”

마왕성 내부에 있던 유저가 스킬을 날렸다.

콰아아앙!

꽤나 묵직했지만 다크는 한 걸음 정도만 물러서는 것으로 가볍게 막아냈다.

“싸우러 온 게 아니다.”

“지랄하고 있네! 마계에 붙어먹은 주제에!”

“그거야 게임을 즐기려는…….”

“시끄러!

또다시 스킬이 날아갔다. 시간이 지날수록 유저가 많아졌고 동조하는 이들도 늘어났다.

“그냥 죽이자고!”

"죽어어어!"

이제는 다크와 나머지 길드원도 버틸 수준이 아니었다.

"젠장……!"

"이대로 물러나? 아니면 들이받아?"

"어째? 대장?"

다크가 입술을 질끈 깨물었다.

그 순간이었다.

"잠깐."

은은하지만 고막에 꽂히는 느낌의 목소리가 울렸다.

모두 움직임을 멈췄다.

그 목소리의 주인공이 무혁임을 알기 때문이었다.

"흠……."

인파를 뚫고 나온 그가 고개를 갸웃거렸다.

"또 싸우려고 온 건가?"

"아니, 아니다!"

"그럼?"

"이야기를…… 하러 왔다."

잠시 다크를 가만히 쳐다봤다.

이야기?

고민하던 무혁이 고개를 끄덕였다.

"일단 들어는 보자고."

그 말에 유저들이 길을 텄다. 맹렬한 신뢰였다.

넓어진 길로 다크와 다크 길드원이 들어섰다.

"따라와라."

그들을 마왕의 거처로 데리고 갔다.

1층의 넓은 홀 한쪽에 마련된 원형 탁자에 앉았다.

"그래서, 할 말은?"

"크흠."

다크가 그 맞은편에 자리를 잡았다.

"일단…… 동쪽을 점령한 걸 축하한다."

피식, 웃음이 나왔다.

"알다시피 마계에 붙었지만, 저주가 발동하기 전까지는 단순히 즐기는 차원이었다. 유저들도 각자만의 방법으로 게임을 즐길 권리가 있으니까. 물론 저주가 발동하면서 우리도 좀 혼란스럽기는 했었다. 그렇다고 이미 자리를 잡은 곳을 떠나는 것도 쉽지 않았고. 게다가 이미 마족과 계약을 해버려서……."

"본론만."

"크흠. 그러니까…… 나도 그렇고 길드원도 그렇고. 아직은 동쪽 마왕성 소속이고 하니 활용을 하는 게 여러모로 효율적이지 않을까 싶다는, 그런 말이다."

"흐음. 그러니까 같이하자, 이건가?"

"그렇지."

분명 다크와 길드원의 전력은 아까운 편이다.

끌어들여도 나쁘진 않을 터. 하지만 그렇게 된다면 다른 유저들이 반발할 가능성이 높았다.

기세가 올랐는데…….

괜히 그 기세를 꺾을 필요는 없었다.

"미안하군."

"뭐……?"

"NPC들의 저주 해제는 최우선 과제였지. 근데 넌 그런 우리를 막았고."

"그, 그건……."

"조금만 늦었어도. 아니, 이미 많은 NPC가 죽었을지도 모르지. 너로 인해서."

"젠장. 기껏해야 NPC 따위!"

"뭐, 결국 그런 거군."

무혁이 스산하게 웃으며 검을 뽑아 휘둘렀다.

[마왕성 내부에서 싸움이 발생합니다.]

[길드 '다크'를 적으로 간주합니다.]

강력한 폭발이 발생했다.

콰과과과광!

그에 바깥에서 대기하던 유저들이 들이닥쳤다.

"개 같은 새끼. 이럴 줄 알았지!"

"죽여 버려!"

순식간에 다크와 길드원 모두가 죽음을 맞이했다.

캡슐에서 나온 다크 길드의 부길드장이 전화를 돌렸다.

"어, 이대론 안 되지. 그럼. 아이템만 바꾸면 가능하지 않을까? 아 어차피 지금 이대로 있어 봐야 방법도 없잖아. 그래, 한 번 해보고 안 되면 어쩔 수 없는 거고. 어, 알았다. 내가 1, 2조한테 전화할 테니까 3, 4조한테는 네가 연락 좀 하고. 그래."

수십 명한테 전화를 걸어 동의를 받아냈다.

"후, 그래. 이게 맞는 거야."

그렇게 24시간이 지나 패널티가 종료되었다.

[일루전에 오신 것을 환영합니다.]

접속된 곳은 동쪽 마왕성 바로 옆에 위치한 작은 마을이었다.

"흐음."

하필이면 제일 먼저 도착한 있는 게 다크였다.

"왔어?"

"어."

가볍게 대답만 했다. 이어 다른 길드원이 등장했다. 그를 바라보는 부길드장의 입가에 미소가 그려진다.

하나, 둘.

서서히 길드원이 늘어났다.

모두가 접속했을 때.

"자, 시작하자고."

부길드장의 입이 열림과 동시에 모두들 허공에 손짓했다.

[길드 '다크'에서 탈퇴합니다.]

다크를 제외한 모두가 길드에서 탈퇴를 해버린 것이다.
"이 자식들이! 뭐 하는 거야!"
얼굴이 붉어진 다크가 외쳐댔다.
그에 부길드장이었던 사내, 칼바람이 나섰다.
"아, 이제 길드장도 아니고. 적당히 하자고."
"뭐……?"
"솔직히 그냥 이익 맞아서 움직인 거잖아. 지금 상황을 보라고. 마계에서 아무것도 못 하게 생겼는데 계속 당신이랑 다닐 이유가 있어?"
"그건……!"
당황하던 다크가 이내 표정을 굳혔다.
"그래서? 너희끼리 뭐라도 할 수 있을 것 같냐?"
"그럼. 우린 동쪽 마왕성으로 갈 거니까."
"하. 무혁이 받아줄 거라고 생각해?"
그 말에 칼바람이 웃었다.
"병신. 너야 워낙 티가 나니까 그런 거고."
"뭐……?"
"아, 됐고. 우린 간다."
다크를 홀로 버려둔 채 나아가는 유저들.

"한심한 놈들……!"

다크는 그렇게 홀로 남겨졌다. 버림받은 것이다.

나머지 유저들은 여유롭기 그지없었다.

"자자, 일단 아이템부터 맞추자고."

"아, 그래야지."

"다들 적당히 괜찮은 걸로 구매하고."

"알았어."

"걱정하지 말라고."

모두가 경매장을 훑었다. 괜찮은 아이템을 순식간에 구매했다. 갑옷, 투구 위주로.

길드를 상징하던 망토를 떼어내니 누구도 다크 길드원이라 여기지 못하는 수준이 되었다.

"어때? 감쪽같지?"

"그러네. 흐흐."

"이러면 우리도 같이 움직일 수 있겠지?"

"당연하지!"

모두 득의양양한 표정으로 나아갔다.

꿈틀.

그 모습을 스컬 스네이크가 지켜보고 있었다.

무혁의 입꼬리가 올라갔다.

뻔한 수법이네.

혹시나 싶어서 근처 마을 전부에 스컬 스네이크를 배치시켜 놓았다. 그중 한 마리의 시야에 떡하니 잡혀 버렸다.

아이템을 바꿨다라.

사실 그렇게 하면 알아보지 못하는 게 맞다.

하지만 저들은 운이 없었다.

내가 봤으니까.

흐리긴 하지만 스크린샷도 찍어뒀으니 알아보는 건 어렵지 않을 터.

게다가 지금 오고 있고.

당장 죽일 것인지. 아니면 활용하다가 죽일 것인지.

그게 고민이었다.

"흐음."

마침 옆에 성민우와 예린, 김지연이 있었기에 그들에게도 의견을 구했다.

"허, 아이템 바꿔서 오고 있다고?"

"어."

"와. 다크만 버려졌겠네."

"아마도?"

"뭐, 바로 죽이면 재미없잖아. 난 최대한 활용하다가 죽여도 될 것 같은데?"

성민우의 의견에 고개를 끄덕이며 예린과 김지연을 쳐다봤다.

"음, 난 아무래도 상관없어."

"나도……."

"그래, 그러면 전력이 꽤 되니까 적당한 시기까지는 같이 움직이지, 뭐."

"흐흐. 굿!"

결정을 내린 뒤 무혁은 입구로 향했다.

마침 다가오는 무리들. 스컬 스네이크를 통해 찍은 게 있지만 만약을 대비해서 보다 명확하게 찍은 스샷 한 장을 더 남겨두기로 했다.

자, 더 가까이…….

거리가 충분히 가까워졌을 무렵 정면에서 스크린샷을 찍었다. 옆으로 슬쩍 자리를 옮긴 후에 잘 보이지 않는 이들을 담아내기 위해 몇 장을 더 찍었다.

오, 잘 나왔네.

등을 돌린 뒤 만족스러운 표정을 지었다.

"후아."

그때 성문으로 들어선 이들에게서 안도의 한숨이 흘러나왔다.

겁이라도 먹었나 보네.

무혁의 예상대로였다.

"어우, 난 또 들키……."

"쉿."

"아, 미, 미안."

들려오는 소리에 피식 웃음이 났다.

그러나 모른 척. 아무 일도 없다는 듯 걸음을 옮겼다.

그때 뒤에서 목소리가 들렸다.

"어, 저기 무혁 님 맞으시죠?"

그에 자연스럽게 몸을 돌렸다.

"아, 네."

"저희도 토벌에 참여하고 싶어서요."

"아, 환영합니다."

"하하, 네. 감사합니다."

"내일까지 쉴 예정이고. 출발 시각은 모레 오전 9시입니다."

"네, 감사합니다."

대답을 들은 후 멀어지는 무혁. 그 모습을 보는 옛 다크 길드원들의 입가에 미소가 맴돌았다.

"흐흐, 성공이야."

"된다고 했잖아."

"이대로 토벌해서 우리도 창고에 들어가자고."

"보석도 엄청나게 받고."

"좋지, 좋아."

시간이 흘러, 출발 당일이 되었다. 기다리던 추석 연휴였다.

-네, 올해는 정말 특별하죠?

-그렇습니다. 추석인데 교통이 막히지 않아요.

-시내에 차량이 거의 없습니다.

-적막하다고 해야 할까요?

-이런 말은 뭐하지만, 마치 죽어버린 도시 같군요.

-원래 추석 때 많이 쉬긴 합니다만. 그래도 도로에 차량은 많았거든요? 근데 올해는 아니에요.

TV에서 흘러나오는 목소리. 뉴스는 아니었다. 일루전 소식 프로그램이었다. 거기서 왜 교통상황을 알려주냐고 생각할 수도 있겠지만 이건 분명히 일루전과 관계가 있는 일이었다.

-그 이유를 모두가 아시겠죠?
-그렇습니다.
-정말, 아주, 매우, 정말! 특이하게도 추석을 고향에서 모두와 함께 보내는 것이 아니라! 일루전에서 가족과 함께 보내는 것으로 바꿔어버린 거죠!
-크흠, 가족과 함께라. 뭐 맞는 말이긴 하죠.
-그렇죠. 가족과 함께 마계로 간 거니까요.
-하하……!
-사실 작년부터 이런 추세가 있긴 했었죠.
-맞습니다. 일루전에서 만나서 함께 여행하는 게 더 편하고 재밌거든요.
-그래도 직접 봐야 한다는 생각이 여전해서 예전과 크게 다르지 않은 상황이었죠. 작년까지만 해도요.
-그렇습니다. 교통이 막히곤 했었거든요.
-올해는 아닌 거죠.
-모두가 일루전을 하기로 약속이라도 한 모양입니다.

-아니죠.

-그럼요?

-모두가 마계에서 무혁 유저와 함께하기로 약속한 거죠.

-무슨 말씀이신지?

-아시면서 모르는 척하시는군요.

-아하하, 아무래도 역할이 역할이다 보니까요.

-간단하게 설명을 드리자면 현재 중간계에 걸린 저주를 풀기 위해서 마계로 간 상황이거든요. 무혁 유저를 비롯해서 수많은 유저님들이요. 그런데 마계에서 지낸 유저들이 하나같이 말하는 거죠. 보상이 엄청나다. 새롭게 열린 콘텐츠가 대박이다, 그러면서요. 그런 와중에 무혁 유저와 함께하면 성장이 보장된다는 소문까지 떠돌기 시작한 거죠.

-소문인가요?

-소문이었다가…… 이번에 동쪽 마왕성을 점령하면서 팩트가 되었죠. 무수한 인증샷이 난무하기 시작했거든요.

-아하하, 그랬지요.

-궁금하시죠?

-저희, '일루전 도전'에서 현재 가장 이슈가 되고 있는 마계, 그중에서 무혁 유저와 함께해 봤습니다. 물론 토벌에 참여한 수준이지만요.

-보시죠.

화면이 넘어가고 등장한 곳은 마계였다.

동쪽 마왕성.

무수한 유저와 꽤나 많은 마족이 오직 한 사람을 쳐다봤다.

"푹 쉬었으리라 여기고 이제 전쟁을 선포하겠습니다."

말을 마친 무혁이 시스템을 조작했다.

[북쪽 마왕성에 전쟁을 선포합니다.]

[북쪽 구역과 적대관계가 성립됩니다.]

[북쪽 구역 마물, 마족이 죽어갈 때마다 군주 포인트를 획득합니다. 단, 본인, 파티원, 길드원, 동맹 길드에 한하여 본인을 제외한 나머지 인원은 소량의 군주 포인트만을 획득합니다.]

이후 한 무리를 슬쩍 쳐다봤다.

"음, 그리고 이번 전투에는 별동대를 따로 둘 예정입니다. 별동대는 먼저 나아가 적의 강함을 알아보는 일을 할 겁니다. 위험한 일이지만 저도 함께할 거니까 걱정하지 않아도 됩니다. 나아가서 일부 적을 물리치기도 해야 하기에 보다 더 많은 보상을 얻을 기회가 있을 것입니다. 남들보다 훨씬 빨리 강해질 수 있다는 거죠. 혹시 지원하고 싶은 분들 계십니까?"

그 말에 유저들이 손을 들었다.

"저요!"

"참여하고 싶습니다!"

무혁은 잠시 기다렸다.

"저희도……!"

손을 드는 이들이 늘어났고 결국 원하던 목표물이 손을 드는 걸 확인하고서야 고개를 끄덕였다.

"흐음. 별동대라 많이 뽑진 않습니다. 게다가 기존에 함께하던 이들이었으면 합니다. 그래야 호흡도 맞을 테니까요. 어디 보자……."

훑어보던 무혁이 고개를 멈췄다.

"거기 단체로 손든 분들. 동료인가요?"

"예? 아, 그게……."

누군가 고민하고 있을 때.

"맞습니다!"

"네, 맞아요!"

몇 명이 수긍을 했다.

"아, 그래요?"

그에 별수 없이 전 다크 부길드장이었던 칼바람이 고개를 끄덕였다.

"네, 동료입니다."

"좋네요. 별동대로 활동해 줄 수 있겠어요?"

"물론입니다!"

"그럼 앞으로 나오시죠."

"네!"

그들에게 별동대의 직책을 부여했다.

"선두에서 저희와 함께 이동하면 됩니다."

"알겠습니다."

그에 칼바람을 비롯한 다크 길드원이었던 자들이 함박웃음을 지었다.

"그럼 이제 출발하겠습니다."

곧바로 등을 돌린 뒤 나아갔다.

그의 좌, 우로 성민우와 예린, 김지연이 위치했다.

그 뒤에는 백호세가. 기존 휘하 마족과 동쪽 마왕성 소속인 마족들을 대거 영입한 마계군단.

그리고 다크 길드원이었던 자들이 따랐다.

"이번엔 얼마나 걸리려나."

"2주? 길어야 3주 아닐까?"

"오? 별로 안 걸리네?"

"뭐, 동쪽 점령하면서 많이 성장했으니까."

"하긴, 그렇지?"

성민우가 흐흐거리며 웃었다.

"그러고 보니 뉴스 꽤 많이 나왔더라."

"아, 추석 연휴?"

"어. 엄청 웃기던데? 이번 추석은 대한민국이 거의 죽은 도시처럼 될지도 모른다고 걱정하는 기사도 있고."

"쩝. 추석 연휴가 길긴 하더라."

"흐흐. 홈페이지 보니까 엄청나던데? 아마 지금 수천 명 이상이 북쪽으로 출발했을걸?"

"그렇겠지."

"가는 길에 만나면 어쩔 거야?"

"뭘 어째. 합류시켜야지. 많을수록 좋은 거니까."

월차, 연차까지 감안하면 새롭게 합류할 유저 모두 북쪽 마왕성을 함락할 때까지는 함께 움직일 수 있을 것 같았다.

"꽤 많을 거 같네."

"당연하지."

왼쪽에 있던 예린이 뭔가 생각났다는 듯 박수를 쳤다.

"참, 오빠."

"응?"

"이번에 오빠 가족들도 마계로 온다고 하지 않았어?"

"아아……."

"그치?"

"어. 온다고는 하는데 여기 오는 게 쉽지는 않잖아. 못 올 확률이 높아."

"오시면 좋겠다."

"응? 왜?"

"그냥 인사도 드리고…… 헤헤."

그녀의 말에 무혁이 웃었다.

"그래, 오면 인사드리자. 아니, 안 와도 진짜 한 번 찾아뵙자. 계속 말로만 그랬는데…… 이번에 북쪽 마왕성 토벌하고 나면, 어때?"

"응, 좋아! 완전 좋아!"

이런저런 수다를 떨면서 이동했다.

간간이 등장하는 마물.

가볍게 처리하면서 속도를 냈다. 저 멀리 마을이 보였지만 모두 그냥 지나쳤다.

아직까지는 동쪽 마왕성의 구역이니 당연한 일이었다. 무혁의 소유라고 할 수 있으니 공격할 이유가 없었던 것이다.

이틀 후.

생각보다 빠르게 북쪽 마왕성의 구역 내에 진입했다.

"첫 번째 마을이 나올 때까지 다시 속도를 올리도록 하죠."

무혁의 목소리가 넓게 퍼졌다.

유저들은 고개를 끄덕이며 수긍했다.

군마가 지면을 강하게 찼고 1시간 정도를 달렸을 즈음 작은 규모의 마을을 발견했다.

음?

그 앞에 진열하고 있는 상당수의 마족이 보였다.

미리 대비했다는 건가.

당연히 마계에도 통신수단이 있을 터.

그 부분을 간과했다.

오발루트를 불러 물어봤다.

"여기도 통신수단이 있나?"

"예, 있습니다."

"어떤 거지?"
"통신 수정구입니다."
"아아."
중간계와 같은 방식이었다.
"그럼 대비한 게 맞겠네."
"그렇게 보입니다."
시작부터 별동대를 선보일 수 있게 될 줄이야.
나쁘진 않지.
무혁이 별동대를 불렀다.
"저랑 같이 가죠. 적의 전력부터 파악하겠습니다. 가능하면 숫자를 줄이는 좋으니 최선을 다해주십시오."
"예! 걱정하지 마십시오!"
"흐흐, 재밌겠네요."
무혁의 속셈도 모른 채, 그들은 즐거워했다.
"그럼 가죠."
선두에 선 무혁.
그 뒤를 따르는 파닥거리는 물고기들.
"공격!"
거리가 좁혀졌을 무렵 명했다.
원거리 공격이 꽤 날아갔다.
삼백 명에 달하는 숫자였으니 당연했다.
적지 않은 규모. 게다가 실력도 확실했다.
그러나 마족에게는 그리 대단치 않았던 모양이다. 가만히 지켜보던 전방의 마족 전원이 일렬로 늘어선 채 송곳처럼 달려오기 시작했다.

마치 한 점만 꿰뚫겠다는 강력한 의지를 보이면서 말이다. 굳이 막을 이유가 없었기에 무혁은 슬쩍 피했다.

"크헉!"

피해는 뒤쪽 유저가 감당했다. 순식간에 뭉쳐 있던 유저들이 두 그룹으로 나뉘었다. 중앙까지 돌파한 마족들이 자리에 멈추더니 일부를 남겨놓고 다시 한번 두 개의 그룹을 반으로 더 쪼갰다. 사 등분이 된 그룹을 내부에서부터 몰아붙이기 시작했다. 숫자가 더 많고 또 개개인의 실력이 유저보다 더 강해지게 가능한 전법이었다. 그러나 마족들은 한 가지를 잘못 파악했다.

무혁의 힘. 그리고 무혁의 생각을 말이다.

희생양으로 딱이네.

유저들이 죽어가고 있음에도 무혁은 아무렇지 않았다. 어차피 저들은 다크 길드원이었던 자들이니까.

저들이 버티는 동안 무혁은 자유롭게 마족들을 처치했다. 상급, 그리고 최상급 마족의 목을 쉽게 처리했다.

일곱, 여덟, 아홉……!

무혁의 검이 휘둘러질 때마다 한 놈씩 쓰러졌다.

경험치는 덤이었고.

군주 포인트와 공헌도 역시 빠르게 쌓였다.

"크으으윽……!"

"히, 힐부터 줘!"

"탱커! 막아야지!"

그러는 사이 다크 길드원이었던 자들의 숫자 역시 차곡차곡 줄어들었다.

스무 명 정도가 죽었을 즈음 무혁은 다섯의 최상급 마족과 아홉의 상급 마족을 처치했다.

"젠장! 막아!"

"조금만 더……!"

유저가 서른 명이 더 죽었다.

총 쉰 명의 희생.

무혁 역시 쉬지 않았기에 상당한 피해를 입혔다.

총 최상급 마족 아홉.

상급 마족 열다섯을 처치한 것이다.

나쁘지 않아.

"이제, 물러납니다!"

여기서 전부 희생시키기엔 아까운 전력이라 살려두기로 한 건 아니었다. 별동대를 전부 희생시켜 이들을 처치할 수도 있겠지만 그렇게 되면 뒤에 남은 이들이 성장하지 못하게 된다.

그들의 성장은 필수였다. 포인트를 얻어야 북쪽 마왕성을 토벌한 뒤, 보물 창고에서 아이템을 구매할 테니까.

그 10%가 내 몫이지.

이득도 챙기고 또 함께 공생한다는 이미지도 줄 수 있다.

최고의 방법인 것이다.

"모두 방어 태세 유지한 채로 천천히 후퇴하세요!"

"예!"

무혁이 가장 선두에서 마족들의 공격을 방어해 줬다.

물론 가능한 범위 내에서만.

팡, 파바바방!

간간이 화살도 빠르게 날려 그들을 견제했다.

"인간, 귀찮게……!"

덕분에 쫓아오는 속도가 느려졌다.

조금 더 물러났을 무렵 아군이 도와주기 위해 다가온 터라 거리가 가까워졌다.

"훙, 돌아간다!"

"예!"

그에 별수 없이 마족도 뒤로 물러났다.

흐음, 아쉬운데?

물러나는 그들을 빠르게 쫓아가 남은 스킬을 퍼부어줬다.

[군주 포인트를 획득합니다.]

[상급 마족 처치(3/5)]

[반복 퀘스트 보상으로 마족 처치 공헌도를 획득합니다.]

[군주 포인트를…….]

[최상급 마족 처치(1/1)]

[반복 퀘스트 보상으로 마족 처치 공헌도를 획득합니다.]

길지 않을 작별의 인사였다.

북쪽 마족의 정예들을 이끄는 지휘관.

대공, 마룬. 후퇴를 하는 와중에 계속해서 쫓아오는 한 명의 인간, 무혁으로 인해 스트레스가 이만저만이 아니었다.

"저 빌어먹을 인간 놈이……!"

잠시 멈춰서 공격을 하려고 하면 어떻게 알았는지 귀신처럼 뒤로 물러났다. 그러는 사이 인간들의 지원군이 다가오고 있었다. 더 이상 지체할 수 없었기에 다시 목소리를 키웠다.

"무시하고 달려라! 내가 막는다!"

"예!"

가장 후방에 위치하여 무혁의 공격을 받아냈다.

크윽……!

꽤나 충격이 컸다.

쾅, 콰앙, 콰아앙!

연사라 하나하나에 실린 힘이 그리 대단하지 않은 것임에도 불구하고 말이다. 게다가 모든 화살에 폭발의 힘이 실려 있어서 더욱 까다로웠다. 물론 그렇다고 대공을 궁지로 몰아넣을 수준은 아니었다.

"흐읍!"

이번에는 다섯 대의 화살이 날아왔다.

하나, 둘, 셋, 넷.

큰 무리 없이 막아냈다.

이제 마지막 한 발.

지금까지와 마찬가지로 손날로 화살의 몸체를 내려쳤다. 그러나 이번 화살은 앞선 네 대의 화살과는 명백하게 달랐다. 맹렬한 회전으로 인해 궤도가 거의 틀리지 않았던 것이다.

순간 위기감을 느꼈지만 이미 코앞에 당도한 화살을 피하는 건 불가능했다. 그저 최선을 다해서 몸을 뒤틀 뿐.

다행히 급소는 피했다. 다만, 어깨가 뚫렸다.

갑옷을 착용하고 있었음에도 불구하고 말이다.

"으음."

관통력이 예상 이상이었다.

심하군.

인간이 지니기엔 과한 힘이었다.

그렇다고 현실을 부정할 순 없는 법.

대공 마룬은 급히 몸을 추슬렀다.

그 순간 빛이 되어 다가오는 무혁.

"하앗!"

급히 마기를 앞으로 쏘아 보냈다.

순간 빛이 사라졌다.

다시 인간의 형상이 된 무혁은 예상했다는 듯, 조금의 머뭇거림도 없이 지면을 강하게 밀었다.

파워 대시!

대공 마룬을 어깨로 들이받았다.

풍폭, 십자베기!

연이어 강한 공격을 이어갔다.

"크윽!"

그에 마룬이 밀렸다.
드러난 좁은 틈. 그 사이를 비집고 들어간 무혁이 다시 한번 백호검법 2초식을 사용했다.
파바바바밧!
빛이 되어 마족 무리를 공격했다.
"감히!"
그에 마룬이 황급히 무혁을 쫓았다.
다가오는 것에 집중된 행동.
그 순간 무혁의 눈이 차갑게 가라앉았다.
흐읍!
몸을 틀면서 검을 휘둘렀다.
풍폭, 백호검법 제3초식 백호참.
반원 형태의 강맹한 기운이 마룬에게 날아갔다.
쾅, 콰아아아아앙!
한 번, 두 번, 세 번. 네 번.
계속해서 사용했다.
끝내 버티지 못했음일까.

[경험치가 상승합니다.]

[군주 포인트를 대량으로 획득합니다.]

[대공 처치(1/1)]

[반복 퀘스트 보상으로 마족 처치 공헌도를 획득합니다.]

죽었군.

아직 폭발이 가라앉지 않은 곳으로 몸을 던졌다. 그곳을 통과한 뒤에 슬쩍 고개를 돌리니 어느새 상급, 최상급 마족들이 악을 쓰며 쫓아왔다. 대공의 죽음이 그들의 이성을 잃게 만든 것이다. 그러나 어리석은 선택이었다.

아군의 합류가 머지않았다.

지금은 단지 버텨내기만 하면 그만이었다.

물론 연기는 필수였다. 천천히 뒤로 물러나면서 충격을 받은 것처럼 표정을 굳혔다.

"으윽."

그러자 마족들의 기세가 살아났다.

"죽여라, 죽여!"

"어서!"

"조금만 더!"

계속되는 공격에 무혁이 비틀거렸다. 물론 거짓이었다. 충분히 버틸 만한 수준이었다.

흐음, 쌔기는 하네.

HP가 줄어드는 속도가 빠르긴 했지만, 아직 위험하진 않았다. MP를 소모하여 HP를 회복하면 되니까.

"마기를 뿌려!"

"저 인간은 무조건 죽여라!"

그때, 더 이상 지체하면 안 되겠다고 여긴 것일까, 강한 마기가 하늘을 뒤덮었다.

거의 동시에.

"공격을 퍼부으세요!"

뒤에서 성민우의 목소리가 들렸다. 아군의 합류였다.

"스켈레톤 소환."

무혁은 그제야 소환수를 불러냈다. 그것도 마족들의 후방에. 도망치지 못하도록 포위망을 구축했다.

한정 부활. 뒤이어 쓰러뜨린 상급, 최상급, 그리고 대공을 살려냈다. 그들은 앞에서 무혁을 대신하여 마기를 받아냈다. 뒤이어 달려들어 공격까지 퍼부었다.

"대, 대공!"

"아니, 이게 무슨……!"

한때는 동료였고 또 한때는 따르던 이들이었기에 더욱 당황스러울 터. 우왕좌왕하는 모습이 눈에 보였다.

그사이 유저가 전방에 자리를 잡았다.

이것으로 승리가 확실해졌다.

이젠 여유롭게 눈앞에 있는 수백의 마족 무리를 착실히 쓰러트리기만 하면 되었다.

길지 않은 시간이 흐르고.

"이겼다!"

"우와아아아아!"

압도적인 승리의 함성이 무혁의 진영에서 흘러나왔다.

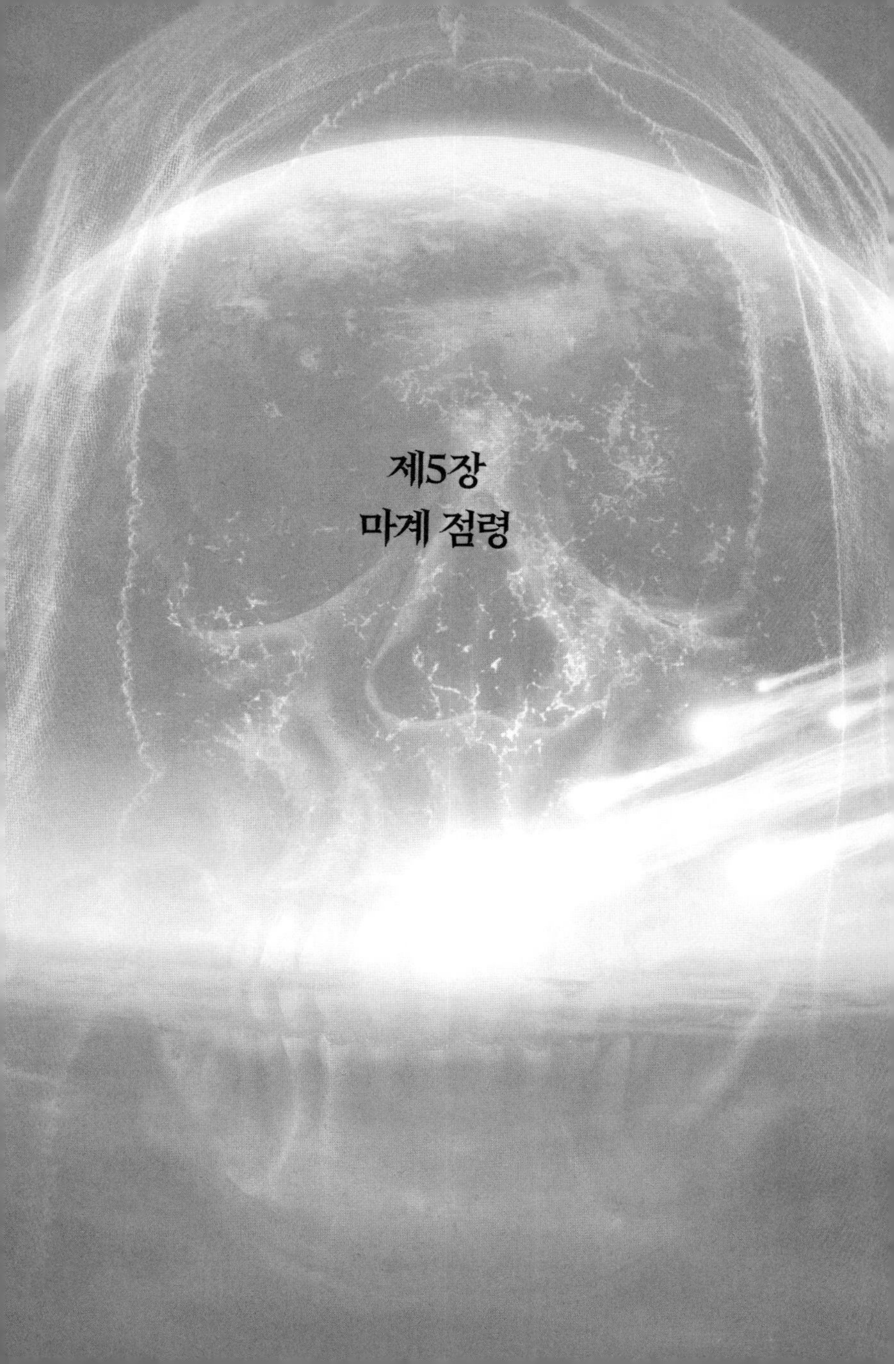

제5장
마계 점령

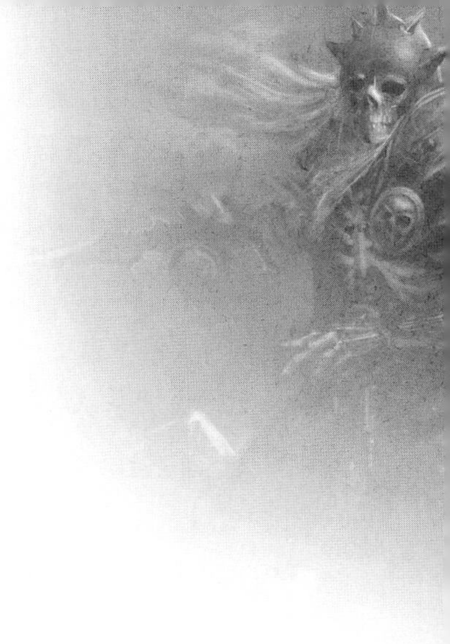

다시 앞으로 나아갔다.

저 멀리 보이는 마을. 거기서도 앞선 장소와 비슷한 숫자의 마족대군이 진을 치고 있었다.

"별동대 갑니다!"

이번에도 별동대를 일부 희생시켰다. 가장 선두에서 마족들의 공격에 당해 버렸다.

"크아아아악!"

"커헉……."

그 사이 무혁을 비롯하여 나머지 유저들이 포위망을 구축했다. 유저들이 압도적으로 마족을 밀어붙이는 사이 무혁은 지휘자를 찾아냈다.

중앙에 있네.

대공은 아니었다.

최상급 중에서 상급에 속한 수준으로 짐작이 되었다.

가볼까.

길을 뚫으며 나아갔다.

이내 접근했고 놈을 거칠게 몰아붙였다.

"크윽, 인간……!"

예상이 들어맞았다.

약해. 대공보다 마기가 낮은 녀석이었기에 상대하는 건 어렵지 않았다.

이윽고 놈을 처치했다. 그러자 마족 대군의 움직임이 어색해졌다. 이리저리 뒤엉켰다.

흐음……!

그런 마족을 바라보다 무혁은 뒤로 물러났다.

나머진 맡기면 되겠어.

후미에서 전투를 지켜봤다.

별동대는 무시했고 다른 유저가 위험하다 싶으면 화살을 날려 도와줬다.

이내 전투가 마무리되었다. 대부분의 마족이 죽었고 일부만 항복했다. 살아남기 위해서.

"사, 살려주십시오."

"맹세부터. 기간은 100년."

"최, 최상급 마족인 나 카타리누는 오늘부로……."

맹세가 끝나자 홀로그램이 떴다.

"좋아."

"감사합니다!"

최상급 마족 아홉. 상급 마족 열다섯이 부하가 되었다.

"자, 다시 가죠."

1시간을 이동해 도착한 곳.

꽤나 큰 규모의 도시였다. 그곳 역시도 상당한 숫자의 마족이 앞에서 진을 치고 있었다.

역시 전투가 이어졌고 별동대의 대다수가 죽었다.

"저, 저기……."

"네?"

"별동대가 좋긴 한데 너무 죽어서……."

"그래서요?"

"별동대에서 나가고 싶어서요."

살아남은 전 다크 길드원의 말에 무혁이 스산하게 웃었다.

"그건 안 됩니다."

"예……?"

"갑자기 시스템을 바꾸면 혼란이 일어날 수도 있으니까요. 계속 맡아주시죠."

"하, 하지만 인원도 많이 줄었고……."

"흐음, 정말 그만두고 싶어요?"

"네."

"그럼 더 이상 함께 못하겠네요."

"그, 그게 무슨……?"

"이제 따로 움직이던가, 별동대를 계속 맡던가. 한 가지만 정하세요."

한참을 고민하던 그들.

"계, 계속 맡을게요."

"잘 생각하셨네요."

아니었으면 지금 이 자리에서 죽었을 테니까.

"가죠."

"네……."

그리고 다음 전투에서 별동대의 전원이 죽었다. 그들이 다시 합류하기 전에 북쪽 마왕성을 점령할 생각이었다. 결국 별동대는 희생만 하고 포인트조차 제대로 모으지 못한 상황에 처하게 될 것이다. 이 방법은 서쪽과 남쪽 마왕성을 토벌할 때도 적용될 것이다.

거절한다면? 죽여 버리면 그만이었다.

대략 다섯 곳의 마을을 처리했을 즈음, 더 이상 대규모 마족이 나타나지 않았다. 마을 역시 거의 빈 상태였다. 덕분에 진군 속도가 엄청나게 빨라졌다.

1주일도 걸리지 않았다. 마왕성 앞에 당도하기까지.

"와우, 이번에는 진짜 빠르네요."

"네. 확실히."

아마 저 마왕성에 남은 전력이 총 집중되어 있을 것이다.
그래도 걱정은 안 되지만 여기까지 오면서 몇 번이나 더 성장했다.
"흐음."
물론 그 탓에 문제도 발생했다. 더 이상 소켓을 뚫을 수 없었던 것이다.
거의 한계에 도달한 건가?
지금이라면 소환수 흡수를 쓰지 않아도 대공 정도는 쉽게 요리가 가능했다. 마왕은 조금 힘겨운 수준일 것이고.
스킬을 쓴다면? 마왕도 무혁의 상대가 되지 않으리라.
"빨리 끝내고 쉬죠."
"좋죠!"
강함도 상대적인 것이었다. 마왕은 분명 강한 놈이지만 지금의 무혁에겐 그리 위협이 되지 않으니 귀찮게 질질 끌 필요가 없었다.
속전속결. 지금 가장 필요한 부분이었다.
"갑시다."
마왕성이 가까워졌다. 그 순간 닫힌 성문이 열리더니 거대한 뿔소와 흡사하게 생긴 마물이 등장했다.
그 위에 올라탄 마족들. 한눈에 봐도 일천이 넘어가는 대군이었다.
쿠우웅.
달리기 시작하니 땅이 울려댔다.

엄청난 무리가 달려왔지만 무혁을 비롯한 아군 역시 군마의 속도를 늦추지 않았다.

서로 부딪힐 듯 가까워진 순간.

"스켈레톤 소환."

무혁은 소환수를 불러내어 전력을 더욱 강화했다.

아머기마병, 돌진.

다른 유저 역시 마찬가지였다. 순식간에 소환수의 벽이 생성되었고 그 벽에 1차 충돌이 발생했다.

콰아아아앙!

움찔하는 느낌과 함께 벽이 우르르 무너졌다.

"밀어붙여라!"

"인간의 침입은 용납할 수 없다!"

마기를 풀풀 흩날리는 존재들.

2차로 무혁의 스켈레톤과 부딪혔다.

수백의 강화 스켈레톤.

그 뒤에 위치한 1천의 데스 스켈레톤에게 말이다.

"흐아아아압!"

강화 스켈레톤과 부딪히는 순간 서로가 튕겨 나갔다. 당연히 강화 스켈레톤의 피해가 더 컸다. 거대한 뿔소 역시 멀쩡하지는 않았다. 선두에 있던 녀석들이 고꾸라졌고 바로 뒤에서 달려들던 뿔소는 넘어진 뿔소에게 걸려 바닥에 얼굴을 박았다.

"뛰어넘어라!"

"밀어버려!"

그러나 다음부터는 피해가 거의 없었다.

시야가 확보되면서 넘어진 뿔소를 피하거나 혹은 뛰어넘어 버린 까닭이었다. 하지만 강화 스켈레톤 역시 전부 역소환이 된 건 아니었다.

부르탄이 기파를 날렸고 본 드레이크가 브레스를 뿜어댔다.

포이즌 오우거, 붉은 오크 대전사, 외눈박이 등등.

모든 스켈레톤이 전력을 다했다. 그럼에도 막지 못했다.

그리고 3차 충돌이 이어졌다.

쾅, 콰아앙, 콰과과과광!

데스 스켈레톤과의 부딪힘이었다. 자폭이 끝도 없이 이어졌다.

"견뎌라! 인간들을 쓸어버리란 말이다!"

"여긴 마왕성이다!"

"북쪽의 위대한 마왕성에 인간이 침입하지 못하게 해라!"

자폭이 이어질수록, 마족의 피해가 커질수록, 마족은 더욱 발광했다. 거친 마기가 솟아오르며 공간을 뒤덮었다.

"으음."

뒤에서 바라보던 유저들의 미간이 찌푸려졌다.

지독한 고집을 느낀 것이리라.

물론 두렵진 않았다. 일천이 훌쩍 넘어가던 마족들의 숫자가 현저하게 줄었기에. 그게 눈으로 보일 정도였으니까.

천 마리의 데스 스켈레톤 자폭이 끝나고 네 번째 벽과 부딪혔다.

쿠우우웅!

이번에는 밀리지 않았다. 오히려 밀어냈다. 무혁을 비롯하여 엄청난 성장을 이뤄낸 아군 유저들의 힘이었다.

팽팽한 상태를 유지하는 두 그룹.

"밀어버려!"

"견뎌!"

"쓸어버리란 말이다!"

아군 유저의 벽과 북쪽 마왕성 마족들의 벽이었다. 꽤 시간이 흘러가면서 조금씩 아군 유저들이 우위를 보이기 시작했다. 아무래도 숫자에서도 차이가 났고 성장을 많이 이룬 덕분일 것이다. 그러나 마족도 만만치는 않았다.

"으아아아아!"

마기로 이뤄진 각종 공격이 쉼 없이 날아들었다.

"쉴드!"

"그레이트 힐!"

"철벽!"

그것들을 막아냄과 동시에 버티고 또 밀어붙여야만 했으니까. 긴장 어린 분위기 속으로 두 그림자가 선두에 나섰다.

무혁과 북쪽 마왕이었다.

"인간이되 동쪽의 마왕이 된 자여. 난 북쪽을 다스리는 벨벤투스라고 한다."

"무혁."

"그렇군. 서로 이름은 알았으니 긴 말은 필요 없겠지."

"아마도."

"덤벼라."

고개를 끄덕인 무혁은 곧바로 소환수 흡수 스킬을 사용했다.

후우웅.

파괴적인 힘이 샘솟았다. 북쪽 마왕, 벨벤투스가 어느새 다가와 마기가 실린 주먹을 내질렀다. 그 강력함은 그저 멀리서 지켜보는 이들조차 느낄 정도였다. 하지만 그 힘은 허무하게 막혀 버렸다. 무혁이 내민 손바닥에 벨벤투스의 주먹이 잡히는 것으로.

"크읍……!"

벨벤투스의 신음.

그에 무혁이 고개를 끄덕였다.

"뭐, 나쁘진 않네."

HP가 조금 따르긴 했지만 아주 미미한 수준이었다.

벌써 자연적으로 회복되어 버렸으니까.

슬쩍 밀쳐낸 뒤 검을 뽑아내어 그었다.

서걱.

어떤 스킬도 없었다. 그럼에도 벨벤투스의 한쪽 팔이 떨어졌다.

치이익.

회색 연기로 변하며 사라지는 팔.

"어, 어찌……!"

소켓 망치와 보석 콘텐츠의 끝에 도달했고 수천 마리 스켈레톤의 스탯 일부를 한 몸에 받아들인 자. 마왕조차 마음만 먹는다면 단숨에 죽여 버릴 수 있는 괴물. 지금의 무혁이 바로 그런 수준에 이른 유저였다.

"항복의 의사는?"

"없다……."

고개를 끄덕인 무혁이 스킬을 사용했다.

풍폭, 백호검법 제3초식.

날아간 반월형의 검기가 마왕의 허리를 베었다.

[크리티컬이 터집니다.]

[즉사 효과가 발동합니다.]

압도적인 힘에 상황은 순식간에 종료되었다.

[퀘스트 '북쪽 마왕성을 무너뜨려라'를 클리어합니다. 무법지대, 그리고 동쪽의 마왕 '무혁'이 전쟁에서 승리했습니다.]

[북쪽 마왕성이 유저 '무혁'에게 귀속됩니다.]

[하위 에피소드 '저주의 해제'에 변동이 발생합니다.]

[점령구역이 세 곳입니다. 마왕성 상태창이 하나로 통합됩니다.]

[대량의 경험치를 획득합니다.]

[레벨이 상승합니다.]

[레벨이…….]

[군주 포인트를 대량으로 획득합니다.]

[마족 처치 공헌도를 대량으로…….]

또 한 번 저주의 힘이 약해졌다.

"주군! 전에 먹었던 물약 덕분인지 이제는 거의 정상으로 돌아왔습니다. 몸이 날아갈 정도입니다!"

"오호. 그래?"

"예! 정말 감사합니다!"

백호운, 장로, 호법은 당연했고 백호세가원도 마찬가지였다. 모두 얼굴에 활기가 돌았다. 하지만 그건 물약의 힘도 있을 터.

중간계는 다를 게 분명했다. 그래도 도움은 되겠지. 걱정과 기대, 두 가지 감정을 지닌 채로 홈페이지를 살폈다.

[제목 : 또 저주가 풀렸어요! 흐어어엉! 감사합니다!]

[내용 : 동쪽 마왕 점령한 지 이제 2주 정도잖아요? 짧은 시간에 저주가 약화된 덕분인지 진짜 엄청나게 상태가 좋아졌습니다! 제 NPC 여자친구 얼굴에 활기가 돌아요, 활기가! 정말 무혁 님 최고예요! 아니, 마왕성 점령한 유저님들 전부 복 받으실 겁니다!]

ㄴ아, 전에 그분이네.

ㄴ여친 자랑하던?

ㄴㅇㅇ맞음.

ㄴ젠장, 부럽네, 진짜.

ㄴ아무튼 축하ㅋㅋ

ㄴ자랑 그만합시다, 진짜. 개 부러워서 욕 나올 것 같네요!

ㄴ전 이미 욕했어요.

ㄴ어디요?

ㄴ마음속으로요!

ㄴ크흑ㅠㅠ

[제목 : 제가 상인인데 확실히 다르네요]

[내용 : 기운이 없어서 항상 피곤하다고 하던 NPC들이 저주가 약화되자마자 활발하게 움직이기 시작하네요. 오랜만에 이득 제대로 보고 있습니다.ㅎㅎ]

ㄴ오, 확실히 다른가요?

ㄴ네! 완전 다릅니다!

ㄴ오오오! 축하해요.

ㄴ전부 마족에서 열일하는 유저님 덕분이죠.

ㄴ맞음. 나중에 보답해야 할 수준인데?

ㄴ그럴 생각이에요!

ㄴ근데 저도 마계 가고 싶네요……!

ㄴ그건 동감.

[제목 : 다크 유저의 몰락]

[제목 : 무혁과 함께라면……?]

[제목 : 저주의 해제!]

좋은 게시물이 많이 올라왔다.

다행이네.

덕분에 중간계의 상태도 파악할 수 있었다.

게다가…… 당장 큰 이득이 되는 건 다른 부분이었다.

[유저 '랭킹 유저'가 북쪽 마왕성 보물 창고에서 '성기사의 목걸이'를 구매했습니다. 마왕성에 군주 포인트(56,000점)가 귀속됩니다.]

[유저 '천사'가 북쪽 마왕성 보물 창고에서 '흩날리는 벚꽃 투구'를 구매했습니다. 마왕성에 군주 포인트(48,000점)가 귀속됩니다.]

동쪽 마왕성에서 보다 유저들이 더 큰 군주 포인트를 사용하고 있다는 점이었다. 여기에 마왕성 상태까지 하나로 통합되었다.

점령구역 : 무법지대, 동쪽, 북쪽.

흐음, 22만 점이라. 여기에 무혁이 쌓아 올린 마족 처치 공헌도와 군주 포인트까지 있었다.

창고나 쓸어야겠네.

이제 더 이상 보석 콘텐츠를 사용할 수 없었으니까.

물론 사둘 건 많았다. 두개골이라던가. 물약이라던가.

다 살펴본 것도 아니고.

하지만 귀찮았다. 딱히 더 좋은 게 있을 것 같지도 않았으니까. 잡념과 함께 보물 창고에 도착했다.

이미 성민우와 예린, 김지연은 넋을 잃고서 아이템을 훑어보고 있었다.

어디, 나도.

하지만 기대감은 머지않아 깨졌다.

쩝, 역시 없나?

지금의 무혁이 착용한 아이템은 이미 최상급이었다.

이보다 더 좋은 아이템이 보이지 않았다.

어쩌지, 이걸?

고민하다가 마족 공헌도 상점을 처음부터 다시 한번 훑어보기로 했다.

그래, 이참에 제대로 보자.

정말 구석구석, 하나도 남김없이 살펴보기로 했다. 그중에 사용할 수 있는 게 있다면 최대한 쓸 생각이었다.

"흐음."

한참의 시간이 흘렀다.

이제 마지막인가?

잡화점 물품을 클릭하고서 나열되는 물건을 하나씩 살폈다.
이것도 봤고, 이것도……!
역시 대부분이 확인한 물품이었다.
아, 이건 모르는 거네.
하지만 쓸모가 있는 건 아니었다.
쩝, 이런 필요도 없는걸.
미간을 찌푸리며 아래로, 아래로 내려갔다.
어……?
그때 N이라고 떠오른 글귀를 발견했다. 새로운 물품이었다. 아마 등록된 지 얼마 되지 않은 모양이었다.
물품은 세 개였다.
"허얼……?"
하지만 진심으로 놀랐다.

[군주 포인트 양도 주문서]
[마족 처치 공헌도 양도 주문서]
[강화 유지 주문서]

포인트와 공헌도를 양도할 수 있는 물건과 더불어 강화에 실패해도 강화도가 떨어지지 않게 만들어주는 주문서의 등장이었던 것이다.
"하하……."
레벨업을 제외하고서, 더욱 강해질 수 있는 길이 아직도 남아 있음을 확인하는 순간이었다.

강화 유지 주문서를 열 장 구매했다.

[마족 처치 공헌도(50,000)를 사용합니다.]

목적은?

당연히 착용하고 있는 아이템의 강화도를 상승시키기 위함이었다.

일단 바바로젠의 위대한 검을 내려놓았다.

[강화 유지 주문서를 사용하시겠습니까?]

"후읍!"

집중력을 발휘하여 망치를 두드렸다.

[강화도가 상승합니다.]

[강화도가 하락합니다.]

생각보다 큰 하락도에 잠시 동작을 멈췄다.

"후우."

역시 쉽지가 않았다. 무려 10강에 이른 무기였으니까.

다시…… 차분하게 작업을 이어갔다.

생각보다 더 까다로운 상황.

시간을 상당히 잡아먹었다. 그러나 멈추지 않았기에 결국은 강화도를 100%까지 끌어올릴 수 있었다.

"후아."

1시간이나 이어진 사투였다.

[강화도 : 100%]

[칭호의 효과로 강화 성공 확률이 상승합니다.]

[강화에 실패하셨습니다.]

[강화도가 하락하지 않습니다.]

그러나 결과는 실패.

"아……!"

짜증이 솟구쳤다.

될 때까지 한다!

다시금 강화 유지 주문서를 사용했다.

다시 1시간이 지났다.

실패, 그리고 또 한 번의 시도에서 실패. 또 실패.

"으아아아아!"

무혁으로서도 짜증 나지 않을 수 없는 상황이었다.

"누가 이기나 보자!"

그렇게 두 번을 더 시도했을 때.

[강화에 성공하셨습니다.]

드디어 11강화에 성공했다.

1강화만 더……!

성공과 동시에 스트레스가 쫘아아악, 풀리면서 희망이 샘솟았다.

지금까지 실패한 게 몇 번인데!

지금 다시 강화를 하면 바로 성공할 것만 같았다.

그래, 12강. 한 번도 성공하지 못한 12강에 도달할 수 있을지도 몰랐다.

질러……?

고민은 짧았다. 어차피 강화 유지 주문서가 있었으니까.

곧바로 12강화에 도전했고.

[강화도 : 100%]

[칭호의 효과로 강화 성공 확률이 상승합니다.]

[강화에 성공하셨습니다.]

[인간의 한계를 벗어난 업적을 달성합니다.]

[대량의 업적 포인트를 획득합니다.]

[칭호 '초인'을 획득합니다.]

업적 포인트, 그리고 칭호와 더불어 무려 12강의 검을 지니게 된 순간이었다.

[바바로젠의 위대한 검+12]

물리 공격력 265(+205)

충격흡수율 +2%(+15%) 무시

추가 공격력 45(+337)

모든 스탯 +10(+75)

힘, 민첩, 체력 +15(+112)

무게 증가.

내구도 800/800

사용제한 : 힘 300, 민첩 300, 체력 300.

역시나 12강의 검은 감동, 그 자체였다.

초인, 인간의 한계를 넘어서 그 격이 올라간 자에게 주어지는 칭호다. 모든 능력치(10%) 상승.

"하하……!"

직접 만든 무혁도 할 말이 없을 수준이었으니까.

보상 역시 상상 그 이상!

하지만, 이제 시작일 뿐이었다.

다른 방어구도 전부 최소한 12강까지 올리기로 했다.

휴식을 취하는 3일간의 목표였다.

방패, 검집, 갑옷, 무릎 보호대까지 12강에 성공했다.

"후, 지치네."
그것만으로 하루가 훌쩍 지났다.
이제 이틀째. 망토가 12강이 되는 순간 예린이 찾아왔다.
"오빠, 오빠!"
"어?"
"왔어……!"
"왔다고? 뭐가?"
"언니랑 시, 시어머니랑 시아버지랑……."
"어어……?"
설마 정말로 올 줄이야.
이렇게 빨리?
무혁은 작업을 정리한 뒤 예린과 함께 건물에서 나왔다. 마침 건물로 들어서려는 가족과 마주쳤다.
"어? 진짜로 왔어요?"
"크험, 그럼. 진짜지."
무혁의 아버지인 강선우가 헛기침을 하며 대답했다.
"그보다……."
그러곤 예린을 슬쩍 쳐다봤다.
소개를 바라는 눈치였다.
"아, 제 여자친구예요. 전에 얘기는 했었죠?"
"그랬지. 크흠, 여자친구라고요?"
"네, 아버님. 말씀 편하게 하세요."
"그럴까, 그럼?"

"네!"

예린이 환하게 웃으며 대답했다. 말투가 애교덩어리였다.

그에 강선우 역시 부드럽게 미소를 지었다.

"허허, 밝구나."

"감사합니다! 아버님도 엄청 멋있으세요."

"크허허허."

기분이 꽤나 좋아 였다.

그에 미소를 지은 예린이 슬쩍 고개를 돌렸다.

"근데 어머님은 어디에 계세요?"

"음……?"

그에 무혁의 어머니인 이혜연이 고개를 갸웃거렸다.

순간 눈이 마주친 예린.

"어머, 설마…… 어머님이세요?"

"네, 맞아요."

"아, 죄송합니다! 전 언니가 한 명 더 있는 줄 알았어요……."

"어머."

이혜연이 손으로 스스로의 볼을 감쌌다.

"그 정도는 아닌데……."

"아니에요. 얼마나 예쁘신데요. 깜짝 놀랐어요, 정말."

"고마워요."

"어머니도 말 편하게 해주세요."

"흐음, 그래도 될까?"

"그럼요! 그래야 제가 더 편해요."

"그럴게, 그럼. 엄청 예쁘네. 우리 아들한테는 아까운걸?"

"무슨 소리세요. 오빠가 얼마나 멋있는데요. 이렇게 멋있게 키워주셔서 감사합니다!"

"호호호, 정말 참하네."

지켜보던 무혁은 순간 멍해졌다. 그때 강지연이 다가와 옆구리를 쿡 하고 찔렀다.

"전에는 몰랐는데 지금 보니까 딱 여우네, 여우."

"응? 뭔 소리야?"

"아니다. 모르는 게 약이지."

"참, 나."

무혁은 어깨를 으쓱거렸다.

슬며시 예린과 부모님을 쳐다봤다.

"그보다 우리가 여행을 좀 하려고 하는데……."

"그럼 제가 안내해 드릴게요!"

"그럴래?"

"네! 마계라서 어두운 이미지가 있을 수도 있는데 아니에요. 여기 풍경이 엄청 좋거든요. 어차피 근처는 전부 안전하니까 저만 따라오세요!"

"허허, 고맙구나."

"아들. 우린 구경 좀 할게."

"난 안 가도 되고?"

"됐어. 우리끼리 갈게!"

"어어……."

가족 모두 예린과 함께 웃으며 떠났다.
다행이네.
생각보다 쉽게 친해졌다고 여기며 안도의 표정을 지었다.

다시 올라와 작업을 시작했다.
카앙, 캉!
아이템은 망토였고 목표는 12강이었다.

[강화도가 상승합니다.]

현재는 10강. 결과는? 당연히 실패였다.
"후우."
다시 주문서를 구입했다.

[군주 포인트(50,000)를 사용합니다.]
[마족 처치 공헌도로 대체합니다.]

이번에도 열 장이었다.
포인트가 쭉쭉 다네.
하지만 크게 아깝지는 않았다. 아직 넉넉하니까.
콰악.
망치의 손잡이를 잡고서 다시금 작업에 집중했다. 2시간이 훌쩍 흘러갔다. 유독 12강에 성공하지 못하는 망토였다.

그래도 포기하지 않았다. 두 번을 더 시도한 끝에.

[강화에 성공하셨습니다.]

드디어 12강에 성공했다.

[암흑 천사의 망토+12]

절로 감탄이 나왔다.
"크으."
소환수의 능력치 증가 수치가 무려 17%였다.
감히 상상도 되지 않았다.
아직도 강화해야 할 아이템이 있었으니까.
물론 오늘은 여기까지였다. 이젠 너무 피곤해서 더 이상 작업할 정신력도 남아 있지 않았다.
"오늘은 그만 쉬자."
건물에서 나와 주변을 훑었다.
어디에 있으려나.
손을 뻗어 채팅창을 열었다.

-무혁 : 어디야?
-답장이 조금 늦게 왔다.
-예린 : 아, 오빠. 동문 계곡에 있어!

-무혁 : 나도 갈게.

-예린 : 응!

오늘의 남은 시간은 가족과 함께하기로 했다. 군마를 타고 이동해 동쪽 계곡에 도착했다. 가족들과 예린이 웃으며 경치를 구경하고 있었다. 다가가니 모두 환한 미소로 무혁을 반겼다. 그 미소에 괜히 마음이 따뜻해졌다.

좋다.

급히 가족들의 속으로 들어갔다.

"왔어?"

"네."

"크흠, 그래. 여기 아주 좋구나. 여자친구도 참 예쁘고."

"고맙습니다."

"그래, 결혼은 언제 할 거냐?"

"예……?"

무혁이 조금 당황했다.

"결혼 안 할 거냐?"

"아, 아뇨. 해야죠."

"그래. 이렇게 참한 여자는 놓치는 거 아니다."

"그럼요."

옆에서 듣고 있던 예린의 얼굴이 빨갛게 물들었다.

저물어가는 노을 덕분일까.

그 모습이 더욱 아름답게만 느껴졌다.

"산책은 어때요?"
"좋구나."
"조금 있다가 제가 요리도 해드릴게요."
"요리를?"
"네. 스킬인데 마스터거든요."
"호오라. 기대하마."
그 기대감은 얼마 지나지 않아 여실히 충족되었다.
"오오……!"
"마, 맛있네."
"어머……!"
무혁의 요리를 먹는 가족 모두가 감탄을 금치 못했으니까.
"다음에 또 해드릴게요."
"좋구나, 크흠."
모든 것이 좋은 날이었다.

이틀 뒤. 드디어 모든 방어구를 12강까지 만들었다.
물론 액세서리는 제외였다. 그것만으로도 무혁은 확연하게 강해졌다.
마왕 셋? 그 정도가 덤벼도 자신이 있었다.
서둘러 정복하자.
아쉽게도 연휴가 끝나면서 유저들이 꽤 많이 이탈했지만 크게 신경 쓰진 않았다. 세상에는 돈 많고 시간 많은 사람이 생각보다 많았으니까.

지금도 그런 이들이 계속해서 모여들고 있었기에 동쪽 마왕성을 출발하던 시기보다 유저들의 숫자 자체는 증가했다.

실력이 조금 떨어지긴 했지만, 함께 마물과 마족을 사냥해서 소켓을 뚫고 보석을 박는다면 금방 오를 것이 분명했다. 무엇보다 무혁 본인의 실력이 가장 크게 성장한 터라 질 거라는 생각도 조금도 들지 않았다.

"다 모였나요?"

"네!"

"모였습니다!"

"어서 서쪽도 정복하죠!"

"네, 알겠습니다. 미리 말했던 대로 오늘 출발할 예정입니다. 혹시 모르니 30분의 시간을 더 드리겠습니다. 정비하시고, 30분 뒤에 출발하겠습니다."

그 소식이 홈페이지에 알려졌다.

[제목 : 30분 뒤에 마계 서쪽 마왕성 정복하러 갑니다!]

블로그, SNS, 유튭 등으로 퍼졌다. 그에 미처 접속하지 못하고 있던 이들에게도 소식이 전해졌다.

약속한 시간이 흘렀다. 30분 전보다 더 많아진 유저를 바라보며 무혁이 웃었다.

"다 모인 것 같네요. 출발하겠습니다."

이제 남은 마왕성은 두 개.

남쪽과 서쪽이었다. 일단은 북쪽에서 더 가까운 서쪽부터 치기로 했다.

"속도를 높이겠습니다."

머지않아 서쪽 구역에 진입했다. 소규모 전투가 벌어졌다. 정말 작은 전투라 큰 의미도 없었다.

너무 적은데?

의문은 들었지만, 진군을 멈추지는 않았다.

10일이 흘렀다. 전투가 거의 없었던 덕분에 빠르게 서쪽 마왕성에 당도했다. 그곳에서 의외의 장면을 마주쳤다.

"엥? 저게 뭐냐?"

성민우도 놀란 모양이었다.

"오빠, 저기 두 명…… 맞지?"

"음. 그런 것 같은데?"

"게다가 대공도 셋이고."

거대한 마기를 뿌리는 둘. 그보다는 약하지만 무시할 수 없는 수준의 마기를 뿜어내는 셋. 마왕과 대공이었다.

"인간. 결국, 왔구나."

"흐음. 마왕이 둘인가?"

"그렇다. 난 서쪽 마왕 지크다."

"난 남쪽 마왕 치바세르다."

두 명의 마왕이 힘을 합친 모양이었다.

"마왕 둘이라."

"아무리 너라도 둘은 상대하지 못하겠지. 게다가……."

"여긴 모든 전력이 모여 있다."

"너희들은 살아가지 못할 것이다."

마왕 둘의 말, 그대로였다. 어마어마한 숫자의 마족이 모여 있었다. 마왕 둘, 대공 셋. 최상급 마족만 150명은 훌쩍 넘어갈 것 같았다. 상급도 어마어마했다.

하지만 무혁은 오히려 기뻤다.

"잘됐네."

"무슨……?"

"한 번에 끝낼 수 있게 됐잖아."

"미친 인간이군."

활을 꺼내어 화살을 시위에 걸었다.

"대화는 여기까지만 하자고."

"감히……!"

마왕을 바라보며 스킬을 사용했다.

스켈레톤 전원 소환, 데스 스켈레톤 소환, 데스 스켈레톤 강화.

이후 모든 스켈레톤의 스탯을 일부 흡수했다.

소환수 흡수. 파괴적인 힘이 신체를 돌았다.

풍폭, 파천궁술 제3초식.

시위를 놓자 화살이 공기를 찢어발겼다.

키이이이잉!

아이템을 12강까지 만든 덕분에 모든 스탯이 급증했고 소환수 흡수까지 아끼지 않고 사용했다. 전력, 그 힘이 화살에 고스란히 담겼다.

한편, 그 모습을 주시하는 일단의 무리가 있었다.

"휴우, 다행이네요. 팀장님."

"그러게. 겨우 한숨 놓겠네."

"마왕이 둘에 대공이 셋이고. 최상급 마족도 어마어마한데요? 이 정도면 아무리 무혁이라도 못 이기겠죠?"

"그래야지, 반드시."

하지만 둘의 표정은 좋지 않았다.

"근데요, 팀장님."

"왜?"

"혹시라도…… 무혁이 이기면 어떻게 됩니까?"

"뭘 어떻게 돼. 찾아가야지."

"찾아가서요?"

"뭘 물어! 모셔야지!"

"아아……."

"위에 보고는 했으니 걱정은 말고."

"그럼요. 그럼 뭐, 크게 걱정 안 해도 되는 거 아니에요?"

"이런 멍청아! 거절하면 어쩔 건데!"

"아, 그거야……."

"무혁 유저가 이기는 건 최악의 경우야. 벌써 마계가 유저 한 명에게 정복된다는 게 말이나 되는 소리냐고!"

"그, 그건 그렇죠."
"그러니까 우린 무혁이 지길 기도해야지. 아니, 적어도 시간을 더 끌 수 있게……."
"근데 그러면 중간계 NPC가 죽을 텐데요."
"하아, 젠장. 그게 문제긴 한데……."
"어휴, 답도 없네요."
"쩝…… 지켜나 보자."
"예, 팀장님."
그 순간 무혁이 날린 화살이 마왕에게 닿았다.
"화살 정도야 가볍게 막겠……."
마왕 한 명이 뒤로 주르륵 밀렸다.
"죠……?"
"크흠. 무거워 보이는데?"
"그, 그러게요."
무혁의 화살이 연이어 날아들었다. 마왕 두 명이 마기를 뿜어대면서 손을 황급히 휘둘렀다.
캉, 카각. 카가각!
폭발이 쉴 새 없이 터졌다. 뒤에서 지켜보던 대공 셋까지 나섰다.
도대체 몇 발이나 쏜 걸까.
멍하니 지켜보는 사이, 드디어 공격이 끝났다.
무혁이 활을 넣은 것이다.
"괘, 괜찮겠죠?"

"그, 그렇겠지."

솟구친 먼지가 가라앉고 마왕과 대공의 상태가 드러났다.

"하, 이게 말이 됩니까, 팀장님?"

"……그러게 말이다."

대공 둘은 아예 보이지도 않았다. 가루가 된 모양이었다.

풀풀 거리던 마기가 사라진 두 명의 마왕은 당장에라도 쓰러질 듯 비틀거렸고 그나마 실력이 가장 좋았던 대공은 도저히 버틸 수 없었는지 한쪽 무릎을 꿇은 채였다.

이미 상당한 피해를 입은 상태.

치바세르의 눈동자가 차가워졌다.

"어쩔 수 없군."

"크윽. 이대로 져야 하는가?"

"아니. 방법은 있다."

"뭐지?"

"생명을 대가로 바치는 것."

"그건……."

"어차피 이대로 있어도 죽는다."

"후, 그렇군."

"나 혼자는 힘들다."

"알고 있다. 내가 돕지."

"좋다. 시작하지."

그 순간 유저들의 공격이 시작되었다.

"공격!"

무혁의 외침으로 인해서였다.

콰과과광!

그러나 마왕 둘은 무시했다.

이미 의식이 시작되었으니까.

"서쪽 마왕, 나 지크의 생명을 바치겠나이다."

그 순간이었다.

"남쪽 마왕, 나 치바세르는 서쪽 마왕 자크를 제물로 삼겠나이다. 인과율을 벗어난 오직 그분의 힘이여. 내게로 오라!"

"치, 치바세르! 지금 이게 무슨……!"

"미안하다. 잊지 않으마."

이미 의식은 끝났다. 지크의 몸에서 마기가 뽑혀 나왔다.

"어, 어찌……."

그 마기가 치바세르에게 흡수되었다.

"오, 오오……!"

강대한 힘에 도취했다. 이게 끝이 아니었다.

그분의 권능을 사용할 수 있게 되었으니까.

휘릭.

손을 휘저었다. 폭발로 인한 먼지가 날아갔다. 그러자 인간들이 보였다. 겁도 없이 달려들고 있는 무수한 인간들이.

"크, 크크크……."

치바세르가 기괴하게 웃었다.
"크하하하하하!"
거친 웃음과 함께 마기가 휘몰아쳤다. 마기는 적아의 구분 없이 공간을 뒤덮었다.
치이이익.
마기에 닿는 순간 힘이 빠졌다.

[스탯이 일시적으로 하락합니다. 하락한 스탯의 일부를 남쪽 마왕 치바세르가 흡수합니다.]
[스탯이 일시적으로 하락…….]

스탯이 줄어든 탓이었다.
반대로 치바세르는 한없이 강해졌다.
유저들이 털썩, 쓰러졌고 마왕의 뒤에 위치한 마족들도 부들거리며 바닥에 나자빠졌다.
"뒤로, 뒤로 물러서!"
무혁이 황급히 외쳤다.
하지만 너무 가까이 접근한 이들은 움직임이 너무 느려진 탓에 도망치는 것도 쉽지가 않았다. 이미 군마에서 내려온 탓이었다. 다행히 아직 뒤에서 상황을 지켜보던 무혁이 군마를 보낸 탓에 죽는 건 모면했다.
물론 군마의 스탯까지 일부 흡수되어 마왕이 조금 더 강해졌겠지만 유저들의 능력치가 전부 빨리는 것보다는 훨씬 나았다.

"희생을 영광으로 알아라. 이 힘은 그분이 나에게 주신 권능일지니!"

그 상황을 심각하게 지켜보는 일루전의 운영진.

"티, 팀장님. 저게 뭐죠?"

"으음. 아무래도 인과율을 무시한 것 같은데?"

"인과율이요?"

"그래. 마신한테서 힘을 받은 모양이야."

"어, 그럼 저 마왕은……."

"곧 죽겠지."

"아, 이런 빌어먹을!"

"하지만 그 '곧'이, 우리랑은 좀 달라."

"네? 그게 무슨 말이에요?"

"마왕의 입장에서 곧, 이라는 뜻이지. 적어도 5년은 살지 않으려나?"

"어? 그러면……."

"마계가 유저 한 명에게 넘어가는 건 막을 수 있을지도."

"게다가 시간도 더 오래 걸리겠죠."

"그렇지."

힘의 흡수가 끝난 걸까.

남쪽의 마왕 치바세르가 한 걸음을 내디뎠다.

"인간들이여. 허락받은 이 힘을 보여주마."

손을 가볍게 휘저었다.

마기가 칼날처럼 날아들었다.

서걱.

선두에 있던 소환수가 반으로 잘렸다.

다시 날아오는 마기의 칼바람.

"미친……!"

유저 다수가 즉사했다.

"뒤로, 더 뒤로 물러나!"

그렇게 외친 무혁이 앞으로 나아갔다.

어쩔 수 없다. 한눈에 봐도 상황이 심상치 않았다. 마왕 한 명을 제외한 나머지 마족들은 비쩍 말라 움직이지 않고 있었으니까.

힘을 흡수한 것일 터. 처음부터 전력으로 간다!

잠력 격발!

비장의 한 수까지 사용했다.

윈드스텝!

한 줄기 빛이 되어 치바세르와 부딪혔다.

검은 기운과 새하얀 기운.

두 기운이 얽히더니 사방에서 불꽃처럼 튀었다.

다른 유저들의 도움? 소환수의 도움?

그런 걸 받을 급이 아니었다.

도와줄 엄두조차 나지 않는 전투. 둘만의 싸움이었다.

"와, 미쳤네요."

"으음……!"

"인과율 무시하고 힘까지 받은 마왕이랑 비등한데요?"

"그, 그러게. 저게 유저가 맞냐……?"

"레벨 제외하곤 거의 한계에 도달한 느낌이네요."

"후, 빨라도 너무 빠르군."

"뭐, 어쩔 수 없죠. 저희가 할 수 있는 게 없으니……."

"그렇지. 기껏해야 퀘스트 정도니까."

"일단 지켜보죠."

"그래."

둘의 전투가 갈수록 격해졌다.

번쩍이는 타격음의 범위가 점차 넓어진 것이다. 이미 발라 비틀어진 마족들이 전투의 여파에 휘말려 가루가 되었다.

멀찍이 물러서 있던 유저들도 충격에 황급히 물러났다. 거리를 벌렸음에도 여파에 일부는 바닥에 넘어졌다.

-크윽, 더. 더 물러서요!

-네!

이윽고 여파가 극에 달했다.

인외의 싸움.

그러나 조금씩, 아주 조금씩 그 여파가 줄어들었다.

그러던 어느 한순간.

거짓말처럼 전투가 끝나버렸다.

-끄, 끄윽…….

한쪽 무릎을 굽힌 마왕, 치바세르가 보였다.

뒤이어 그의 목을 잘라 버리는 무혁까지도.

"으, 으아. 마, 망했어……!"

"이런, 미친!"

영상을 지켜보던 운영진 사람들의 경악과 함께 무수한 알림이 무혁의 시야를 어지럽혔다.

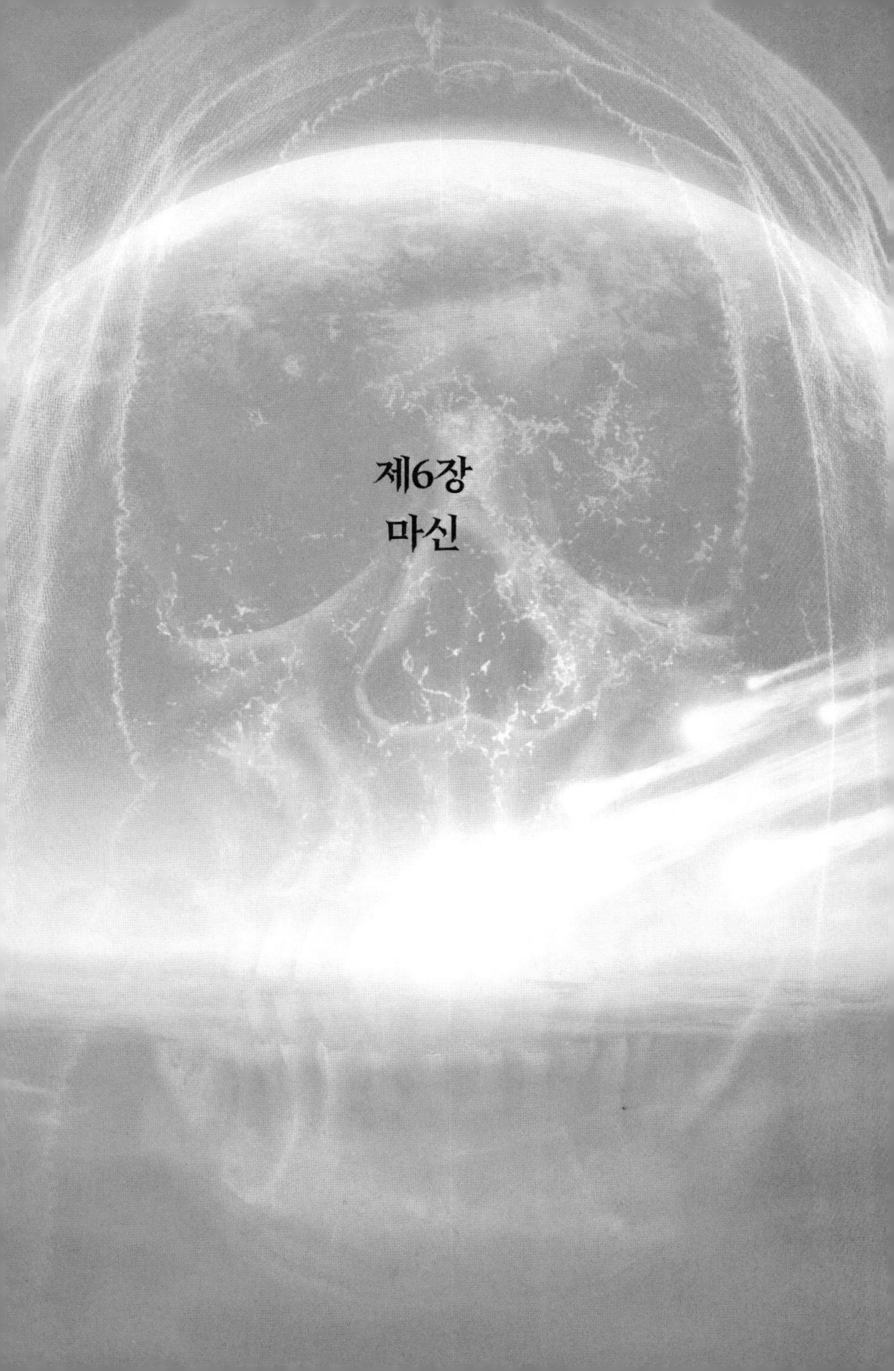

제6장
마신

[퀘스트 '서쪽 마왕성을 무너뜨려라'를 클리어합니다. 무법지대, 그리고 동쪽의 마왕 '무혁'이 전쟁에서 승리했습니다.]

[서쪽 마왕성이 유저 '무혁'에게 귀속됩니다.]

[남쪽 마왕성이 유저 '무혁'에게 무너졌습니다.]

[남쪽 마왕성이 유저 '무혁'에게 귀속됩니다.]

[하위 에피소드 '저주의 해제'를 클리어합니다.]

[중간계 NPC에게 걸린 저주가 해제됩니다.]

[점령 구역이 네 곳입니다. 마왕성 상태창이 하나로 통합됩니다. 마계를 정복하셨습니다.]

[퀘스트 '마계의 신에 도전할 자'를 부여받습니다.]

[대량의 업적 포인트를 획득합니다.]

[칭호 '마계 정복자'를 획득합니다.]

[대량의 경험치를 획득합니다.]

[레벨이 상승합니다.]

[레벨이…….]

[군주 포인트를 대량으로 획득합니다.]

[마족 처치 공헌도를 대량으로…….]

정말 말도 안 되게 많은 내용이었다.

"흐음."

일단 대부분은 예상한 것들이었다.

업적, 칭호, 포인트.

마계 싸움의 최우선 목표였던 저주의 해제까지.

다만 한 가지 새로운 퀘스트를 부여받았다는 사실에 의문이 들었다.

마계의 신에 도전할 자? 이름부터가 심상치 않았다.

후, 일단은 정리부터.

무혁은 바닥까지 줄어든 HP를 바라보며 안도했다. 더 이상의 위험은 없었지만, 혹시 몰랐기에 HP물약을 꺼내어 들이켰다.

"자, 일단 간단하게 상황 파악부터 하죠."

"아, 네!"

그제야 멍하니 있던 유저들이 정신을 차렸다.

"저주는 풀렸습니다. 보셨죠?"

"봐, 봤어요."

"네, 봤습니다!"

"크으……!"

유저들의 반응이 서서히 나타났다.

"음, 보상도 받았을 겁니다. 여기서 보물 창고에 들릴 분은 들리시면 됩니다. 이제 큰 위험은 없으니 개인적으로 마계 돌아다닐 분들은 돌아다니면 될 것 같네요. 더 이상 전투는 없을 것 같으니 각자의 의지대로 행동하셔도 됩니다. 그동안 진심으로 수고 많았습니다."

"아……!"

그제야 승리했음을 여실히 깨달은 모양이었다.

"진짜 이겼구나……."

"후아."

"어우, 이걸 이겼네."

"하하……."

그들을 보고 있을 무렵.

어느새 무혁의 주변으로 일행들이 모여들었다. 성민우, 예린, 김지연은 말할 것도 없었고 휘하 마족과 백호세가원까지. 나머지 유저들이야 보물 창고에 목적일 테니 서둘러 주는 게 맞으리라.

"자, 그럼 마왕성으로 가보죠."

"예!"

마왕성 안으로 들어섰다. 오발루트에게 보물 창고의 안내를 맡겼다.

"모두 쉬고."

"예!"

백호세가와 마족들도 물러갔다. 마지막으로 세 사람만이

남았다.

“오빠, 이제 뭐 할 거야?”

“아, 나 퀘스트 하나 새로 받았는데…….”

“아? 진짜?”

“응. 너희들은?”

“난 없는데.”

“나도.”

성민우, 예린, 김지연. 전부 퀘스트가 없었다.

“흐음. 나만 받은 모양이네.”

“어떤 내용인데?”

“마계의 신에 도전할 자?”

“허얼, 이름이…….”

“뭔가 좀 끼어들기 어려운 이름이구만.”

“그런가?”

“어. 우린 여기 구경이나 할게.”

“보물 창고?”

“흐흐. 당연하지. 포인트도 꽤 모았으니까.”

“헤헤, 나도!”

무혁이 웃으며 고개를 끄덕였다.

“그래. 난 좀 쉬어야겠다.”

“오케이.”

꽤나 피곤했지만 일단 확인은 필요했다.

마계의 중앙과 동서남북, 모두를 지배한 자에게 내려지는 유일한 칭호다.

모든 능력치(15%) 증가.

초인에 더불어 마계 정복자까지. 두 개만 해도 25%인가.

스탯이 100이라면 무려 25나 증가하는 어마어마한 효과였다. 당연히 만족스러웠다.

흐음. 그럼 퀘스트도 볼까.

[마계의 신에 도전할 자]

[마계의 모든 구역을 정복한 자는 신이 될 기회를 얻는다. 언제 어디서든 의지만 있다면 시험을 치를 수 있다. 단, 기회는 세 번이다.]

[성공할 경우 : 칭호, 시스템 권한 일부.]

[실패할 경우 : 재도전 불가.]

눈동자가 격하게 떨렸다.

신이라고……?

게다가 기회도 세 번이나 있었다. 마계의 신, 마신이 될 수도 있는 것이다. 시험의 종류는 전투일 확률이 높았다.

마계니까. 아무래도 강함에 따라 구분되는 위치이니 예상이 맞으리라.

흐음, 그렇다면. 최고의 상태에서 도전하는 게 맞았다.

정비부터 해야겠네.

피곤함이 싹 몰려가 버렸다.

쉬려고 했는데. 마신이라는 내용을 확인한 이상, 지금은 게임에서 나가봐야 퀘스트 생각밖에 나지 않을 것 같았다.

무혁은 몸을 틀어 성민우, 예린, 김지연이 향한 보물 창고 방향으로 나아갔다. 혹시라도 있을지 모를 괜찮은 아이템을 획득하기 위함이었다.

무혁의 표정이 밝아졌다.

허, 여기에……!

운이 좋게도 서쪽 마왕성 보물 창고에 그로이언 세트 아이템이 하나 있었다.

[그로이언의 문양(3차 성장)]

상당히 좋았다. 무엇보다 특수 옵션이 마음에 들었다.

무혁이 현재 4개의 그로이언 아이템을 착용 중이었다. 물론 강화가 되지 않는 팔찌와 반지는 크게 의미가 없을 것이다. 다만 강화가 12강까지 이뤄진 갑옷과 벨트의 경우에는 이야기가 완전히 달랐다. 12강이 되면서 말도 안 되게 옵션이 증가했는데. 거기서 또 20%가 더 올라간다는 소리였으니까.

이건 무조건 구매지.

주저할 것 없이 아이템을 구매했다.

[아이템 '그로이언의 문양'을 구매하시겠습니까?]

포인트가 소모되고 문양이 눈앞에 떠올랐다. 손을 뻗어 쥔 후 문양을 착용했다. 그러자 빛과 함께 흡수되더니 손목에 무늬가 새겨졌다.

[그로이언의 세트 아이템을 착용하셨습니다.]
[세트 효과가 발동합니다.]

[그로이언의 세트 효과(4)]
[1. 윈드 스텝]
[2. 풍폭]
[3. 잠력 격발]
[4. 불사]

무려 5개의 아이템을 착용한 지금.
4번째 효과가 생성되었다.
무려 '불사'.

죽음의 위기에서 한 번, 목숨을 건져주는 능력이다. HP가 1% 이하가 될 경우 자동으로 발동된다. 3초간 무적이 됨과 동시에 HP가

30% 차오른다. 단, 15일에 한 번만 사용할 수 있다.

쿨타임이 지금까지 본 스킬 중에서 가장 길었다. 무려 15일.

하지만 능력 또한 최고였다. 죽음에서 건져주는 스킬이었으니까.

미쳤구만.

이거라면 새롭게 얻은 퀘스트 클리어 확률이 한층 더 올라갈 게 분명했다.

도전해 봐?

고민하다가 고개를 저었다.

소환수 흡수도 쿨타임이고 잠력 격발 역시 마찬가지.

아직은 아니었다.

잠력 격발의 재사용시간은 24시간.

적어도 하루는 지나야 했다.

마지막으로 오발루트를 찾아가서 남쪽 마왕성을 지키라 명했다.

"알겠습니다, 주군."

"뭐, 별일은 없을 거야."

"물론입니다."

오발루트와 일부 마족이 남쪽 마왕성으로 떠났다.

이 정도만 하고 쉬자.

더 이상은 정말로 할 게 없었으니까.

게임에서 나와 침대에 누웠다.

그간 강행군을 해서 피곤했던 탓일까.

오랜만에 단잠에 빠졌다.

홈페이지는 또 한 번 뜨거워졌다.

아무래도 마계를 정복했으니 어쩌면 당연한 일이었을 터.

그 여파가 생각보다 더 컸음일까.

생방송을 하던 일루전 관련 프로그램에서는 긴급속보라면서 해당 소식을 전해주기도 했다.

덕분에 더욱 많은 사람이 알게 되었다.

[제목 : 랭킹 1위 무혁, 마계를 정복하다!]

[제목 : 무혁의 다음 행보는?]

[제목 : 저주의 해제, 누가 해결한 것인가!]

[제목 : 일루전을 지배한 유저, 무혁.]

인터넷 뉴스 역시 무섭게 떠올랐다.

순식간에 수백, 수천 개의 기사가 인터넷을 도배했다.

1위. 마족 정복

2위. 무혁 마왕

3위, 무혁

4위, 일루전 무혁

5위. 일루전 마계

6위. 군주 포인트

7위. 마족 처치 공헌도

8위…….

포털 사이트 실시간 검색어 1위부터 10위까지 전부 도배를 해버렸다. 새벽이 되었음에도 열기는 쉽게 가라앉지 않았다. 잠들지 않는, 혹은 잠들지 못하는 많은 이들이 홈페이지를 장악해 버렸다.

쉴 새 없이 떠드는 얘기들. 다시금 퍼지는 무혁의 여정.

일루전 TV 영상들. 그에 매혹된 대중들까지.

서서히 떠오르는 태양.

이윽고 세상을 밝게 비출 즈음 떠오른 새로운 소식.

[제목 : 세계기업 일루전에서 무혁 유저를 원한다?]

[내용 : 일루전, 그중에서도 가장 활발하게 활동하는 운영팀에서 무혁 유저를 명예 운영진으로 대우하고 싶다는 말이 나왔다. 본 소식은…….]

ㄴ**실화?**

ㄴ**무혁 님 운영자 되는 거?**

└게임 접지 마세요.ㅠㅠ

└접진 않을 듯. 명예 운영진이라는 거 보니…….

└게임은 하고, 뭐 버그 찾아서 알려주는 건가? 아니면 마계 관리 맡기려나?

└오, 그럴 가능성이 높을 듯?

└추측력 쩌시네요.

해당 소식이 뜨겁게 타올랐다. 점심 무렵, 홈페이지까지 도배를 해버렸다.

그즈음, 드디어 무혁이 깨어났다.

"허어."

무려 12시간이나 잠을 자버린 것이다.

그래도 덕분에 몸이 개운했다.

그간 쌓였던 피로도 꽤나 풀린 느낌이었고.

몸을 일으켜 거실로 나갔다.

"일어났어?"

"아, 엄마."

"밥 먹어야지. 차려놨어."

"응. 먹을게."

가볍게 세수를 한 뒤 부엌으로 향했다. 식탁 앞에 앉으니 그의 어머니가 맞은편에 앉아 무혁을 빤히 바라봤다.

"어제 홈페이지 봤어."

"응?"

"큰일은 끝난 것 같더라. 다른 이야기도 있던데…… 뭐, 알아서 잘하겠지. 우리 아들이니까."

"다른 소식?"

"응. 엄마는 잘 모르겠더라고."

"그렇구나. 그보다 큰일 끝난 건 왜?"

어머니가 미소를 지었다.

"인사해야지."

"무슨 인사?"

"상견례."

그 말에 입에 있던 밥을 뿜어버렸다.

"쿨럭. 뭐……?"

"입이나 닦아. 그리고 상견례 해야지. 안 할 생각이야?"

"아, 아니. 그건 아닌데. 아직 예린이 부모님 한 번도 못 만나봤는데?"

"그럼 만나봐, 이제."

"어어……."

"나이도 나이고. 서둘러야지. 그렇게 예쁜 색시 구하기가 쉬운 줄 알아?"

"그건 그렇지."

무혁의 수긍에 어머니가 피식하고 웃었다.

“수긍은 빠르네. 최대한 빨리 만나 봐. 그래야 우리도 인사를 하지.”

“으응. 알았어…….”

“그래, 어서 밥 먹어.”

꾸역꾸역 밥을 넘겼다.

쩝, 하긴…….

이젠 정말 인사를 해야 할 때였다.

오히려 늦은 감이 있지.

예린과 결혼할 마음은 분명히 있었다.

그런 여자를 또 어디서 만날까.

그녀와 함께라면 평생이 행복할 것 같았다.

-무혁 : 예린아.

-예린 : 오빠!

-무혁 : 모레 주말인데, 가족들 바쁘셔?

-예린 : 아니? 왜?

-무혁 : 인사드리려고.

-예린 : 지, 진짜? 잠깐만!

곧바로 예린에게서 전화가 왔다.

“응.”

-오빠, 우리 부모님께 인사하려고?

“해야지.”

-진짜? 진짜지?

"그럼."

-응, 응! 그러면 내가 말해놓을게! 모레, 토요일. 음 저녁이면 되겠지?

"저녁 좋지."

-헤헤, 알겠어! 그때 봐!

"그래."

그렇게도 좋을까.

예린이 저렇게 기뻐하니 무혁도 기분이 좋아졌다.

자, 그러면……!

오늘은 깔끔하게 마무리를 할 시간이었다.

딱 하나 남은 퀘스트를 말이다.

게임에 접속하자마자 성문을 나섰다.

[주변을 떠도는 몬스터의 영혼(2,126마리)을 발견했습니다. 몇 마리를 부활시키겠습니까?]

전부를 불러낼 순 없었다. 일단 절반만.

1,063마리를 불러냈다.

"음……?"

그런데 예상치 못한 문제가 발생했다. 마왕이 한 개체, 대공이 한 개체, 최상급 마족이 119개체나 나온 것은 좋은 일이었는데 그들의 능력치가 너무나 하락한 상태였던 것이다.

이거, 설마?

인상을 찌푸린 무혁이 급히 MP물약을 꺼내어 마셨다.

차오르는 MP. 다시금 한정 부활을 사용했다. 이번에 등장한 마왕은 무혁과 마지막까지 싸웠던 치바세르였다.

예상대로 치바세르의 능력치가 범상치 않았다. 아무래도 주변 마왕과 대공, 마족들, 그리고 유저들의 스탯 일부를 흡수한 상태로 소환된 모양이었다.

겨우 한 개체.

하지만 압도적인 전력.

"좋은데?"

무혁은 숫자가 많은 것보다 이게 오히려 편했다. 실력도 확실했고 말이다.

무혁은 웃으며 퀘스트를 다시 오픈했다.

"도전하겠다."

동시에 주변 환경이 뒤틀렸다.

[첫 번째 도전을 시작합니다.]

새롭게 나타난 공간은 생각보다 밝은 던전 내부였다. 천천히 둘러보고 있는데 홀로그램이 다시 한번 떠올랐다.

[5, 4, 3, 2, 1.]

[1단계를 시작합니다.]

중앙에서 한 마리의 마족이 등장했다.

느낌상 마왕의 수준이었다.

"1단계라."

몇 단계까지 있을지 모르지만, 한정 소환의 시간을 생각한다면 서두르는 게 좋았다.

"치바세르, 공격."

명령이 떨어지자마자 치바세르가 달려 나갔다.

무혁은 제 자리에서 활을 꺼냈다.

풍폭, 파천궁술 제1초식.

일곱 대의 화살이 허공을 꿰뚫었다. 그대로 마왕의 몸체에 박혔다. 놈이 움찔하는 순간 도착한 치바세르가 마기로 둘러싸인 손톱을 휘둘렀다.

서걱, 푸욱.

파괴력이 상당한지 얼마 버티지도 못한 채 마왕이 무릎을 꿇었다.

"쉬운데?"

놈의 미간으로 화살이 한 대 더 박혔고.

[1단계를 클리어합니다.]

그것으로 1단계가 종료되었다.
한정 부활. 혹시 몰라서 스킬을 빠르게 사용했다.
죽은 마왕을 되살렸다.

[2단계를 시작합니다.]

걱정과 달리 장소는 변하지 않았다. 중앙에서 두 놈이 등장했다. 역시나 마왕 수준의 마족이었다.
두 마리라. 지금의 무혁에게는, 그리고 치바세르에게는 역시나 어렵지 않은 상대였다. 소환수조차 불러내지 않은 채 두 녀석을 몰아붙였다.
털썩.
3분도 걸리지 않아 둘을 처치했다.
그렇게 3단계가 되었다.
여전히 여유가 넘치는 무혁이었다.

이번에도 역시 무혁을 지켜보는 운영진. 그때 팀장 백경운이 문을 벌컥, 열더니 사나운 표정으로 들어와 자리를 잡고 앉았다.
"기사 나갔던데?"

묵직한 음성에 운영자 한 명이 의자에서 일어났다.
“죄, 죄송합니다.”
“어떻게 된 거야?”
“아, 아는 기자랑 술 한잔하다가…….”
“하다가?”
“수, 술김에 마, 말이 나온 모양입니다.”
“하아. 술김에? 그래, 네가 무슨 죄가 있겠냐. 술이 죄지.”
“죄, 죄송합니다!”
“됐고. 반년간 감봉이다.”
“티, 팀장님!”
“뭐.”
“아, 아닙니다…….”
백경운이 고개를 돌렸다.
“상황은?”
“현재 5단계입니다.”
“쯧. 금방 끝나겠네.”
“예…….”
“뭐, 이게 의미가 있나? 어차피 무혁 혼자서 마계 정복한 거잖아. 다른 유저라면 또 몰라. 수로 밀어붙여서 정복한 거면 그래, 통과 못 할 가능성이 높겠지. 근데 무혁은 아니잖아. 혼자 다 해치웠는데 시험은 무슨. 어차피 통과야, 어차피.”
“그렇죠.”
“그래서, 준비는 끝났고?”

"예! 전화를 안 받아서 일단 문자는 보냈습니다."

"그래, 답장 오면 바로 말해라. 내가 직접 나갈 테니까."

"알겠습니다."

"됐고, 이제 보기나 하자."

운영진 모두가 영상을 눈에 담았다.

마왕급 마족 다섯.

그 녀석들을 무혁은 아주 농락을 하고 있었다. 치바세르와 되살린 마왕 열 개체, 거기에 소환수까지 불러내어서 말이다.

"허, 저거 마왕급 맞아?"

"맞습니다……."

"완전 일방적이구만."

"학살 수준인데요……."

전투는 그리 길지 않았다.

다섯의 마왕급 마족이 전부 쓰러진 것이다.

"끝났군. 최대한 서둘러 연락해라."

"알겠습니다."

팀장 백경운이 영상실을 빠져나갔다. 그때까지도 화면 속 무혁은 허공을 멍하니 응시하고 있었다.

5단계가 끝이었던 모양이었다.

생각보다 쉽네.

그러나 결과는 결코 가볍지 않았다.

[퀘스트 '마계의 신에 도전할 자'를 클리어합니다.]
[칭호 '마신'을 획득합니다.]
[일부 마계 시스템 작동 권한을 부여합니다.]

단어 하나하나가 무거웠다. 마신, 시스템 작동 권한.
무혁은 멍하니 바라보다 고개를 털어내며 칭호부터 확인했다.

마계에서 모든 능력치(35%) 증가.

마계 지역에 특화된 칭호였다. 중간계에 가면 의미가 없는 칭호. 아쉽긴 하지만 그래도 마계에서는 그 효과가 무려 35%였으니 수긍할 만했다.

[시스템 작동 권한]
마계를 구성하는 요소인 시스템 자체에 간섭할 수 있는 능력이다. 각종 퀘스트의 여부와 재배치, 보상의 여부와 구성변화, 이벤트 발동 여부, 마계의 지형지물 재배치, 마족과 마물의 구성요소 변화, 극히 저급한 마물의 창조, 저급한 마물의 합성, 중간계, 천계, 정령계 등등, 타 차원의 침입과 같은 극히 일부의 권한을 얻었다.

또 다시 정신이 멍해졌다.

이게, 극히 일부라고……?

이건 그 가치를 헤아릴 수 없을 권한이었다. 그런 권한이 손에 들어왔다.

흐음, 이거 문제가 없으려나?

아무래도 유저 한 명이 지니기엔 너무 과한 힘이었다.

그때, 던전이 사라졌다. 어느새 무혁은 서쪽 마왕성의 성문 바깥이었다.

일단…… 생각할 시간이 필요했다.

캡슐에서 나오는데 마침 휴대폰이 진동했다.

부재중 전화와 문자가 상당했다.

누구지?

[안녕하십니까? (주)일루전에서 운영하는 가상현실게임 '일루전'의 운영팀원 박한솔이라고 합니다. 마계에서의 일로 인해 피치 못하게 연락을 드리게 되었습니다. 부디 꼭 좀 답변 부탁드립니다.]

무혁의 미간이 찌푸려졌다.

마계라……!

이번 권한을 얻으면서 괜히 뜨끔해졌다.

그래도 연락은 해봐야지.

[무혁입니다. 무슨 일이신가요?]

잠시 기다리니 답변이 왔다.

[혹시 연락 가능하신가요?]

[네, 뭐.]

바로 전화가 울렸다.

"여보세요."

-일루전 운영팀장 백경운이라고 합니다.

문자했던 사람이 아니었다.

"문자는 다른 분이 하셨던데요."

-네. 워낙 중요한 일이라 보고를 받고 바로 전화드렸습니다.

"아아, 네."

-마계 권한을 얻으신 걸로 압니다. 권한이 워낙 중요한 사안이라 저희가 항상 주시하고 있어서 바로 알게 되었습니다.

"으음. 그랬군요."

-해서 중차대한 이야기를 나눴으면 하는데요. 만나 뵐 수 있을까요?

"일단 어떤 얘기인지 대충 들어봤으면 하는데요."

-흐음, 명예 운영진이 되어주셨으면 합니다.

"예? 명예 운영진이요?"

-네. 마계의 권한을 사용함에 있어서 저희와 부디 상의를 해 주시길 바라는 마음에서입니다. 물론 사소한 권한의 사용은 간섭하지 않을 겁니다. 대신 명예 운영진이 된다면 매달 적지

않은 월급과 각종 인센티브가 나갈 예정입니다.

"인센티브라면……?"

-마계에서 발생하는 일에 대해서 도움을 주신다면 거기에 대해 인센티브가 책정이 될 예정입니다.

"흐음……."

사실 이런 권한을 막 사용하는 건 무혁으로서도 부담스러웠다. 그렇다고 내놓을 생각은 없었다.

정상적으로 게임을 해서 얻은 권한이니 눈치를 볼 이유도 없었고. 그렇게 생각하니 딱히 저자세로 나갈 일이 아니었다.

지금 통화를 하는 걸 보면 알듯이, 운영진의 팀장이라는 사람이 공손하게 부탁을 하고 있었으니까.

그렇다고 갑질할 생각도 없지만.

무혁은 잠시 고민하다가 고개를 끄덕였다. 명예 운영진이 되어 권한 사용에 협의를 보고 대신 돈을 받는 건 결코 나쁘지 않은 일이었다.

"뭐, 그럼 일단 만나서 얘기하죠."

-감사합니다. 그러면…….

약속 장소를 잡고 시간을 확인했다.

"그럼 한 시간 뒤에 뵙죠."

-알겠습니다!

통화를 끊고 외출할 준비를 했다.

잠시 후.

운영팀장, 백경운과 집 근처 카페에서 만났다.

그와 긴 이야기를 나눴다.

"……해서 무혁 유저를 꼭 명예 운영진으로 모시고 싶습니다."

"조건은 좋네요."

"물론입니다. 최고의 조건입니다."

"제가 거절한다면요?"

"예?"

"거절하면 어떻게 되나 싶어서요."

백경운이 난처한 표정을 지었다.

"어쩔 수 없는 일이죠. 부디 심각한 사건이 일어나지 않기를 희망하는 수밖에요."

그를 빤히 쳐다봤다.

거짓은 아닐 터. 한 번 튕겨볼까 싶었으나 이내 고개를 저었다. 그 모습이 백경운에게는 거절로 보인 모양이었다.

"으음, 제가 보고를 올려서 조건을 조금이라도 더 좋게 해달라고 해보겠습니다. 그러니 다시 한번 생각을……."

"예? 아, 그냥 딴생각을 좀 했네요. 계약하죠."

"아……!"

백경운이 급히 계약서를 밀었다.

"사인은 천천히 하셔도 됩니다."

"그래야죠. 저도 집에서 좀 더 검토해 보고 다시 연락드리겠습니다."

"예, 기다리고 있겠습니다."

집으로 가는 길에 로펌을 찾아 자문을 구했다.

계약서에 딱히 문제는 없었다. 펜을 빌려 두 부의 계약서에 사인을 한 뒤 금액을 지불했다.

로펌을 나서면서 문자를 보냈다.

[계약서 읽어봤습니다. 시간 되는 날 알려주세요.]

[전 오늘도 상관없습니다!]

[이미 가신 거 아닌가요?]

[아직 근처입니다. 볼일이 있어서요.]

[그럼 지금 계약서 드리죠.]

[아까 뵙던 카페에서 기다리고 있겠습니다.]

[네.]

카페로 향해 계약서 한 부를 넘겼다.

"감사합니다. 이제 운영진이 되었으니 운영진 전용 공간 능력을 부여받고 또 몇 가지 절차를 밟아야 합니다. 언제 본사에 들리셔야 하는데……."

"지금 가죠."

"네? 지금요?"

"네. 빨리 끝내 버리죠."

"아, 네."

해야 할 일은 빨리 해치우는 게 편했다.
팀장, 백경운과 함께 일루전 본사를 찾아갔다.
두드드.
가는 길에 예린에게서 전화가 왔다.
"응, 예린아."
-오빠, 나 엄마랑 아빠한테 말했어!
"그래?"
-응! 토요일 저녁에 오면 돼. 6시까지!
"그럴게. 그때 보자."
-응! 잘 차려입고! 선물은 괜찮아!
"그래. 알았어."
전화를 끊는 순간 심장이 조금 두근거렸다.
후아, 좀 떨리네.
혹시라도 예린의 부모님이 싫어할까 봐 걱정이 된 것이다.
괜찮겠지.
이미 여러 번 말을 했다고 들었으니까.
그 사이 일루전에 도착했다.
"이쪽으로."
"아, 네."
팀장과 함께 7층 운영실로 향했다.
문이 열리자 내부 직원들이 몸을 일으켰다.
"팀장님, 오셨어요?"
"어, 그래!"

"이분은……."

모두의 눈이 빛났다. 무혁임을 알아본 것이다.

"자, 시끄럽게 굴지 말고 앉아서 일 봐."

"아, 네."

백경운이 웃으며 방으로 안내했다.

"저기 캡슐 보이시죠? 접속하면 바로 소환을 하겠습니다. 수락해 주시면 됩니다."

"네."

캡슐에 누워 일루전에 접속했다.

[생체정보를 파악합니다.]

[1%…… 16%…… 32%…….]

[새로운 세상에 오신 것을 환영합니다.]

[운영자가 소환하고자 합니다. 수락하시겠습니까?]

[Yes/No]

예스를 선택했다. 그러자 새하얀 공간으로 이동되었다.

그 정면에 백경운이 있었다.

"운영진에게만 허락된 공간입니다. 자, 그러면 제가 운영진 권한을 드리겠습니다."

"네."

백경운이 시스템을 만졌다. 그리 오래 걸리지 않아 운영진의 능력을 얻었다는 홀로그램이 떠올랐다.

"되었습니다."

"간단하네요."

"네. 이제 밖으로 나가죠."

"로그아웃하면 되죠?"

"네."

로그아웃을 하여 캡슐에서 나오니 직원 한 명이 다가왔다.

"여기……."

확인하니 운영팀 사원증이었다.

명에 운영자, 무혁.

웃으며 받아 들어 목에 걸었다.

"감사합니다."

"뭘요."

지켜보던 백경운이 끼어들었다.

"자, 그러면 이제……."

뒤이어 몇 가지 절차를 밟아 정식으로 운영진으로 임명이 되었다. 이어 운영진으로 할 수 있는 일에 대해서 설명을 들었다.

"구역을 맡는군요?"

"네. 무혁 유저는 마계를 맡으면 됩니다."

"그러죠."

마계 시스템 권한을 받은 무혁이었으니 당연한 일이었다.

"일단 첫 번째 부탁을 좀 드리겠습니다."

"어떤 거죠?"

"마계에 간단한 이벤트를 시행하는 게 어떨까 싶군요."

"간단한 이벤트라……."

아무래도 사냥이 제일 간단했다.

"이벤트 몬스터를 뿌리는 건 어떨까요?"

"이벤트 몬스터요?"

"네. 각 마왕성에 존재하는 보물 창고의 물건이 상당하거든요. 딱히 쓸 곳도 없으니 이참에 풀어버리죠. 이벤트 몬스터를 사냥하면 그 수준에 따라 각기 다른 포인트를 지급받고, 그 포인트로 보물 창고를 이용할 수 있도록 만들면 될 것 같은데요?"

"좋은데요?"

"뭐, 지금 생각한 거니까 보완해서 알려주면 제가 한 번 이벤트 오픈해 보죠."

"알겠습니다."

마계는 마왕이 존재하지 않는다. 무혁이 신이 되었다. 그렇기에 오를 곳이 없었다. 이럴 땐 이벤트로 흥미를 높일 필요가 있었다.

"나중에는 다른 차원으로도 넘어가게 될 겁니다. 그때도 많은 도움을 주셔야 합니다."

"다른 차원이요?"

"네. 신계와 정령계, 등등. 꽤나 많거든요. 운영진만 알고 있는 극비 사항이니 비밀로 하셔야 합니다. 계약서에도 비밀 조향이 있는 거 아시죠?"

홀로그램에서 봤던 내용이긴 하지만 설마 운영팀장의 입에서 직접 들을 줄은 몰랐다. 게다가 공격을 가라는 소리를 들은 거라고는 더더욱 생각지도 못했고 말이다.

"잘 알죠. 근데 정말 방대한 세계네요."

"그럼요. 결코 끝나지 않을 세계이기도 하죠. 그 방대한 콘텐츠는 말로 설명할 수도 없을 정도니까요."

그 말에 미소가 그려졌다.

아직 할 게 많네.

사실 마신이 되는 순간 살짝 흥미가 떨어질 뻔했는데 팀장의 말에 마음이 달라졌다.

끝이 없는 곳. 그 세상에서의 여행을 굳이 멈출 필요는 없었다. 물론, 지금까지처럼 악착같이 할 필요도 없고 말이다. 그저, 즐기면 되는 일이었다.

진짜 여행의 시작인가?

생각만으로도 훈훈한 미소가 그려졌다.

"이 정도면 되겠네요."

"아, 그러면 이제 가도 되나요?"

"예. 전할 말이 있으면 운영진 전용 공간으로 부르겠습니다."

인사를 하고 나가려는데 누군가 운영실로 들어왔다.

"회, 회장님……?"

일루전의 회장 하건석이었다.

그가 무혁을 쳐다봤다.

"반갑군. 하건석이라고 하네."

"아, 네……."

설마 회장을 볼 줄은 몰랐기에 무혁도 꽤나 놀란 상태였다.

"하하, 그리 긴장할 것 없네. 그저 인사나 하려고 들렀으니까. 명예 운영진이 되어줘서 참으로 고맙네."

"아닙니다. 저야말로……."

"앞으로도 잘 부탁하겠네."

그가 손을 건넸다. 무혁도 손을 뻗어 그와 악수를 했다.

서로를 직시하는 눈.

하건석에게서 자연스러운 카리스마가 뿜어졌다. 대단하다는 생각은 들었지만 일루전 몬스터에게서 느낀 무수한 압박감과 황제에게서 본 카리스마가 더욱 거대했던 터라 크게 와닿지 않았다.

"알겠습니다."

하건석 회장의 눈을 바라보며 고개를 끄덕였다.

그에 하건석이 묘한 표정을 지었다.

"생각보다 더 마음에 드는군. 오늘은 좀 바빠서 이만 가보겠네. 다음에 식사라도 같이했으면 좋겠군."

"예, 기다리고 있겠습니다."

"그래, 고생하게나."

회장이 나가고 적막이 감돌았다.

"그럼, 저도 이만……."

헛기침을 내뱉어 침묵을 깨트린 무혁도 운영실을 빠져나갔다. 건물에서 나와 집으로 향했다. 택시에 탑승한 상태였는데 계속해서 휴대폰이 울려댔다.

모르는 번호인데?

걸려오는 전화번호가 전부 그랬다.

일단은 통화를 연결했다.

"여보세요?"

-와, 대박. 무혁 맞지?

"맞긴 한데……."

-크, 왜 말 안 했어? 랭킹 1위가 너라는 걸!

"아니, 그보다 누구야?"

-아, 미안, 미안. 나 너랑 같은 반이었던 양현범이야!

"흐음, 기억이 안 나는데."

동창이라면 아직도 기억이 좋지는 않았다.

허영찬, 그놈을 비롯해서 말이다.

-그, 그래? 난 오랜만이라 반가워서…….

"됐고. 무슨 일이야? 1위?"

-아, 인터넷 기사가 떴더라고. 실시간 검색어에도 있고…….

"인터넷 기사?"

-으응.

"그래, 더 할 말 없으면 끊는다."

무혁은 통화를 종료한 뒤 인터넷에 접속했다.

실시간 검색어가 바로 보였다.

1위. 명예 운영자.

2위. 무혁.

3위. 무혁 운영자.

그것만으로도 상황을 파악할 수 있었다.

흠, 근데 어떻게 전화가 온 거지?

가장 상단에 있는 인터넷 기사를 클릭했다.

[제목 : 무혁, 명예 운영자가 되다?]

[내용 : 무혁 유저는 일루전에서 랭킹 1위와 더불어 각종 활약으로 유명한 유저다. 그런데 오늘 4시 경, 일루전 운영실에서 무혁이라는 이름의 사원증을 목에 건 사내와…….]

사진 두 장이 크게 박혀 있었다. 건물의 맞은편에서 찍은 듯한 모양새였는데 무혁과 일루전 기업의 회장, 하건석이 악수를 나누고 있는 모습이었다. 아래에 있는 다른 한 장의 사진은 무혁이라는 이름이 적힌 사원증이 확대되어 있었다.

"추측성이었네."

하지만 이 정도라면 거의 확실하다고 봐도 되었다.

무혁이라는 이름. 명예 운영자라 적힌 사원증까지.

이 정도면 충분했다. 많은 사람들이 납득하고 받아들이기에는 말이다.

다시 전화가 울렸다.

"응, 엄마."

-친척들이 연락이 와서 말이다. 일루전 명예 운영자가 되었다던가, 뭐라던가…… 맞니?

"아, 맞아. 방금 계약하고 나온 건데."

-뭐 큰일인 거야?

"아니?"

-근데 왜 이렇게 호들갑인 건지…….

"흐음. 그냥 세계적인 기업이라서 그런가?"

-그래?

"응. 신경 쓰지 마."

-그럼 알려져도 상관없는 거지?

"상관없어."

-알겠어. 집으로 오고 있니?

"집 앞이야."

-그래, 그럼 들어와라.

"응."

사실 사진이 나온 건 썩 좋지는 않았다. 얼굴이 팔린 거니까. 그래도 흐려서 잘 보이진 않지만, 아는 사람은 알아볼 수 있는 수준이었다.

아니, 근데 왜 이렇게 난리야?

무혁은 사실 이게 대단한 일인가 싶었다.

그러나 다른 사람은 아닌 모양이었다. 그들에게는 충분히 거대한 이슈였으니까.

드드드.

또 전화가 울렸다. 운영팀장이었다.

"네."

-정말 죄송합니다! 결코 일부러 한 건 아닙니다.

"괜찮아요."

-저, 정말 괜찮으신가요? 혹시 몰라서 일단 얼굴을 알아볼 수 있는 사진은 전부 내리라고 했습니다. 관련된 사진은 앞으로도 절대 인터넷에 올라오지 않을 겁니다.

"고맙네요. 그 정도면 됩니다. 굳이 감출 생각도 없었고요. 근데 반응이 좀 뜨겁네요. 딱히 대단한 일은 아니라고 여겼는데……."

-그랬군요. 하지만 이건 다른 사람들이 보기엔 충분히 놀라운 일입니다. 유저가 운영자가 된 거니까요. 비록 명예 운영자라고는 하지만 그 운영자가 마계를 정복한 이라면 또 말이 다르죠.

"그렇군요."

-아무튼 크게 신경을 안 쓰신다니 다행입니다.

"네, 뭐."

-저, 그러면…….

"네?"

-혹시 홍보를 좀 해도 되겠습니까?

"제 얼굴만 안 팔린다면요."

-감사합니다.

"뭘요."

-도움이 필요한 일이 있으면 언제든 연락하십시오. 게임에서 운영 전용 공간으로 저나 다른 운영자를 소환해도 됩니다.

"그럴게요."

-네, 그럼 이만…….

통화를 끊고 집으로 들어갔다.

두드드.

다시금 울리는 전화. 모르는 번호였다.

귀찮아.

그냥 무시한 채 거실 소파로 휴대폰을 던졌다.

"아들, 왔어?"

"응."

어머니는 열심히 통화 중이었다.

"과일 좀 먹어. 깎아놨으니까."

"알았어."

다시 통화에 집중하는 어머니를 잠시 바라보다 무혁은 과일 접시를 들고 소파에 앉았다. 오랜만에 TV를 틀어 혼자만의 시간을 가지려고 했지만. 어디를 틀어도 무혁 본인과 연관이 있는 이야기만 나오는 터라, 영 새롭지가 않았다.

"쩝."

대충 틀어놓은 뒤 과일이나 먹기 시작했다.

토요일 오후 4시 30분.

무혁은 차를 끌고서 강릉으로 향했다.

5시 30분이 좀 넘어서 도착한 곳.

예린이 사는 아파트 단지 앞에서 그녀에게 전화를 걸었다.

"어, 도착했어."

-빨리 왔네. 잠깐만 기다려!

예린과 함께 관리사무소에서 방문증을 발급받았다. 이후 지하주차장에 차를 세워놓고 엘리베이터에 탑승했다.

11층을 누르는 그녀.

두근, 두근.

거짓말처럼 심장이 크게 뛰었다.

"오빠, 멋있다."

"그, 그래?"

"응. 근데 왜 말을 더듬고 그래?"

"후아. 아니, 조금 떨려서……."

"진짜? 떨려?"

"그럼."

"헤헤. 기분 좋다. 걱정하지 마. 우리 엄마랑 아빠 전부 오빠 좋아하니까."

"나를? 본 적도 없는데……."

"TV만 틀면 오빠가 나오는데?"

"그, 그런가?"

"응. 그러니까 걱정하지 마."

"알았어."

그 순간 엘리베이터가 멈췄다.

11층에서 내려 오른쪽으로 몸을 틀었다.
문을 열고 들어서는 예린.
그녀의 뒤를 따라 현관으로 들어섰다.
"왔어요?"
그 앞에 예린의 부모님이 있었다.
순간 긴장감이 극에 달했다. 일루전에서 몬스터를 만났을 때보다. 황제와 마주했을 때보다 더욱 떨렸다. 그래서 반사적으로 소리가 커졌다.
"아, 안녕하십니까! 강무혁이라고 합니다!"
그에 두 사람이 웃었다.
"허허, 목소리가 우렁차구만. 들어오게."
"TV에서 볼 때는 계속 가려져서 몰랐는데 실제로 보니까 훈남이었네요."
"가, 감사합니다!"
"자자, 조금 이르긴 하지만 저녁도 준비해 뒀으니까 이리 와요."
"예!"
식탁 위는 각양각색의 음식으로 가득했다.
"차린 건 없지만 먹어요."
"감사히 잘 먹겠습니다."
이럴 때는 복스럽게 먹는 모습도 중요하다 싶었기에 거침없이 음식들을 먹었다.
"잘 먹네. 밥 더 줘요?"
"예, 한 그릇만 더 주세요."

"호호."

그제야 느긋하게 밥을 먹으면서 예린의 가족들과 이런저런 대화를 나눴다. 이미 많은 것들이 알려진 무혁이었기에 크게 궁금한 건 없는 모양이었다.

다만 한 가지, 그녀의 아버지가 진지하게 물어왔다.

"그래서, 예린이를 사랑하나?"

"물론입니다!"

"그럼 서둘러 결혼하게."

"예! 당장 결혼하겠습니다!"

"응? 당장 말인가?"

"아, 아니. 일단 상견례부터 해야겠죠……?"

"크하하하, 그래. 상견례부터 해야지. 날짜도 잡고."

"예!"

좋은 분위기가 이어졌다.

예린의 부모님에게 인사를 드리고 3주라는 시간이 흘렀다. 그 날 이후로 무혁과 예린의 결혼 준비는 초스피드로 진행되었다. 지금 상견례까지 하고 있는 마당이었으니까.

"허허, 좋습니다. 날짜는 그날로 하죠."

"좀 빠르긴 하지만……."

"뭐, 서둘러 준비하면 되지 않겠습니까?"

"그렇지요."

그에 예린도 좋다면서 웃었다.

그 모습에 그녀의 어머니가 예린을 쳐다봤다.

"너무 좋아하는데?"

"좋으니까."

"혹시 속도위반이니?"

"응? 갑자기 무슨 소리야!"

"아니지?"

"아니야!"

피임은 철저하게 했으니까.

"부끄러워하기는."

"치이……."

예물, 집 마련과 같은 이야기는 하지도 않았다.

"저희가 알아서 할게요."

"네, 신경 쓰지 마요."

무혁과 예린, 두 사람이 그렇게 선을 그었으니까.

단호함에 모두 수긍할 뿐이었다.

사실 무혁과 예린 둘의 재력도 알고 있었고 말이다. 무혁이야 당연히 돈이 많았고 예린도 결코 적지 않았다. 그녀 역시 랭커였기에 많은 방법으로 돈을 벌었고 또 모으기도 해온 까닭이었다.

"그럼, 다음에 또 뵙겠습니다. 사돈."

그렇게 상견례를 끝내고 집으로 돌아가는 길에 오랜만에 일루전 운영팀장, 백경운에게서 연락이 왔다.

"네, 팀장님."

-공지는 오늘 올라갈 거야. 내일 시간 돼?

그와의 관계도 진전되었다. 좀 더 편해졌다고나 할까.

"오전에는 시간이 되긴 하는데……."

-언제든 상관없어. 시간만 알려주면 공지에 작성할 테니까.

"흐음, 그러면 내일 오전 10시 정도로 하죠."

-넉넉하게 오전 9시부터 11시 사이라고 해둘게.

"그럼 저야 편하죠."

-좋아, 그럼 내일 부탁 좀 할게.

"걱정 마세요."

집에 도착하자마자 방으로 향했다.

"아들, 내일 잊지 말고."

"걱정 마."

"그거 잊으면 오래간다. 알겠지?"

"알았어."

대답한 뒤 방으로 들어가 침대에 누웠다.

으아, 피곤하다.

상견례가 생각보다 더 피곤했다.

씻어야 하는데…….

귀찮은 마음에 그냥 눈을 감아 버렸다.

순식간에 잠에 빠져들었다.

다음 날.
눈을 뜬 무혁이 시간을 확인했다.
9시 50분.
꽤나 늦은 시간이었다.
이런……!
두 가지 약속을 해버린 상태.
일단 일루전부터 해결을 하기로 했다.
급히 방구석에 있는 캡슐에 누웠다.
치이익.
문이 닫히고, 새로운 세계에서 눈을 떴다.
서쪽 마왕성의 중앙 건물.
꼭대기에서 무혁은 마계 시스템 권한에 접속했다.

[마계 시스템 권한에 접속합니다.]

이벤트 권한을 실행했다.
무혁이 언급했던 그리고 운영진이 제대로 손을 본 몬스터 처치 이벤트였다. 토대를 만드는 데에 30분 정도의 시간이 소모되었다.
좀 늦긴 했지만 다행히 공지시간이 넉넉한 터라 문제는 없었다.
자, 이제 실행!

[마계 이벤트(30일)가 발동합니다.]

[이벤트용 몬스터가 새롭게 등장합니다. 이벤트용 몬스터는 1단계부터 10단계로 나뉘며, 단계가 높을수록 획득하는 이벤트 포인트가 높습니다.]

[이벤트용 몬스터는 일반 마물보다 더 약합니다.]

[이벤트용 몬스터는 일반 마물보다 경험치가 더 많습니다.]

[이벤트 포인트는 동일한 수치의 마족 처치 공헌도와 교환이 가능합니다.]

[이벤트 포인트는 동일한 수치의 군주 포인트와 교환이 가능합니다.]

마계에 존재하는 모든 유저가 지금 무혁이 보는 이 홀로그램을 읽고 있을 것이다. 새롭게 마계로 들어서는 순간에도 볼 수 있고 말이다.

"후, 끝났네."

절로 만족스러운 마음이 들었다. 그때, 갑자기 워프게이트가 빛났다.

나타난 사람은 예린 표정이 심상치 않았다.

"내가 이럴 줄 알았어! 오늘 드레스 보러 가기로 했잖아! 약속 시간 이제 40분 남았어!"

"어? 버, 벌써……?"

"오빠!"

"미안! 지금 바로 갈게!"

그 말에 예린이 한숨을 쉬었다.

"어휴, 진짜 못 말린다니까. 사고 내지 말고 천천히 와. 아니다, 차라리 열차 차고 와. 그게 더 편하겠다. 집에서 기다리고 있을 테니까."

"네! 당장 출발하겠습니다!"

급히 로그아웃을 한 무혁은 서둘러 외출 준비를 했다.

차를 타고 서울역으로 향했다.

주차를 한 뒤, 예약한 열차에 탑승했다.

"후아."

딱히 할 일이 없었기에 휴대폰을 만지작거렸다.

반응은 괜찮으려나?

자연스레 일루전 홈페이지에 접속했다.

[제목 : 오오, 이벤트 시작!]

[제목 : 이벤트 좋고요!]

[제목 : 이벤트 혜자스럽다! 굿굿!]

이벤트에 대한 유저들의 호응이 상당했다.

호오, 재밌잖아?

시스템을 만지는 게 생각보다 더 재밌었다. 그 결과에 반응하는 유저들의 모습은 생각 이상의 어떤 만족감을 줬다.

괜히 가슴이 설레었다.

마치 일루전을 처음 하던 그 순간처럼 말이다. 그저 예감이었지만 앞으로 이어질 일루전에서의 여행은 지금까지의 경험보다 더 새로운 재미로 가득할 것만 같았다.

두드드.

그때 예린에게서 전화가 왔다.

"어어, 지금 열차 탔어."

-빨리 와. 기다리고 있을게.

"알았어. 도착하기 전에 전화 다시 할게."

-응! 사랑해!

그녀와 함께하는 현실에서의 삶 역시도 말이다.

the End

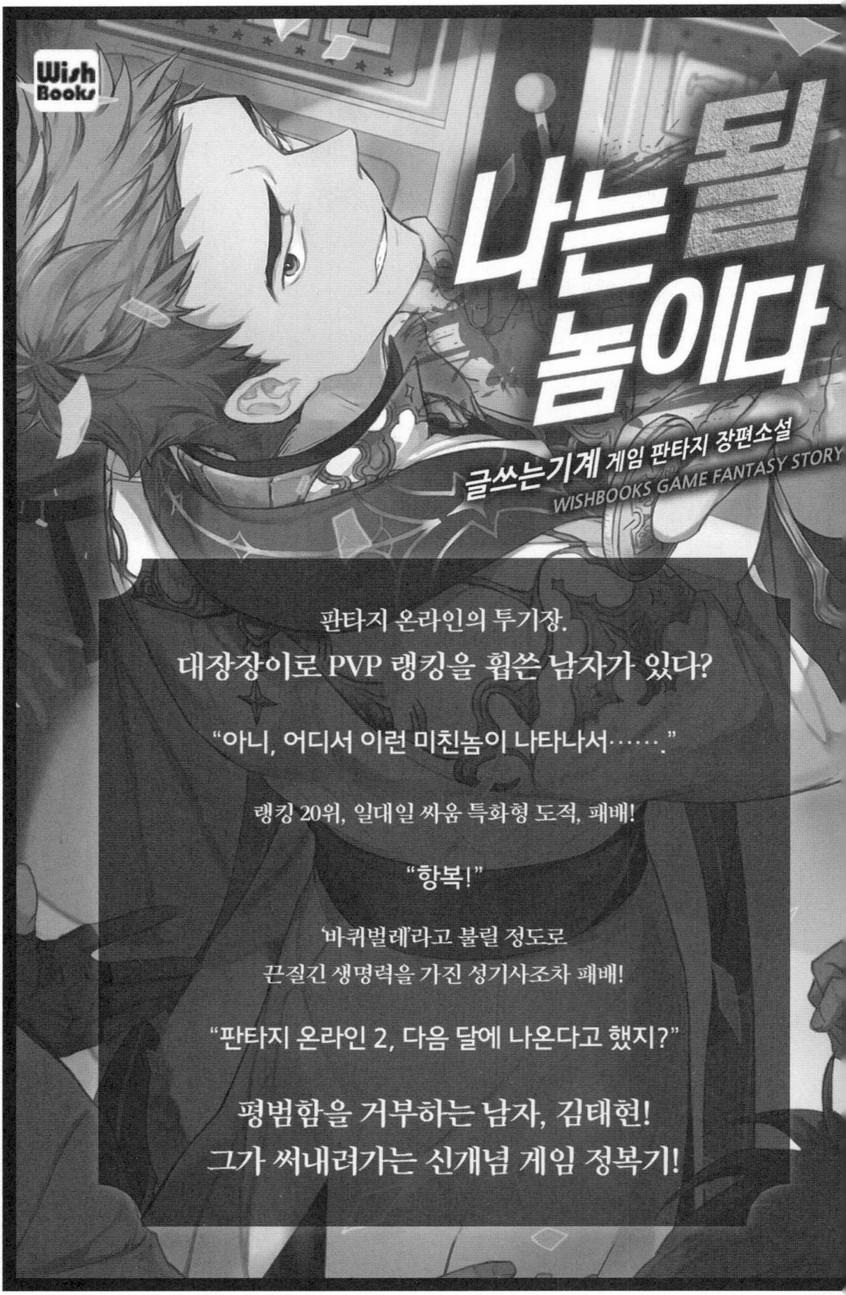
Wish Books
나는 될 놈이다
글쓰는기계 게임 판타지 장편소설
WISHBOOKS GAME FANTASY STORY
판타지 온라인의 투기장.
대장장이로 PVP 랭킹을 휩쓴 남자가 있다?
"아니, 어디서 이런 미친놈이 나타나서……."
랭킹 20위, 일대일 싸움 특화형 도적, 패배!
"항복!"
'바퀴벌레'라고 불릴 정도로
끈질긴 생명력을 가진 성기사조차 패배!
"판타지 온라인 2, 다음 달에 나온다고 했지?"
평범함을 거부하는 남자, 김태현!
그가 써내려가는 신개념 게임 정복기!

Wish Books
밥만 먹고 레벨업
박민규 게임 판타지 장편소설
WISHBOOKS GAME FANTASY STORY
바사삭, 치킨. 새벽 1시에 먹는 라면!
그런데 먹기만 해도 생명이 위험하다고?
가상현실게임 아테네.
먹고 싶은 음식을 먹을 수 있는 유일한 방법!
[식신의 진가가 발동됩니다.]
[힘 1, 체력 1을 획득합니다.]
「밥만 먹고 레벨업」
"천년설삼으로 삼계탕 국물 내는 놈이 세상에 어디 있냐!"
"여기."

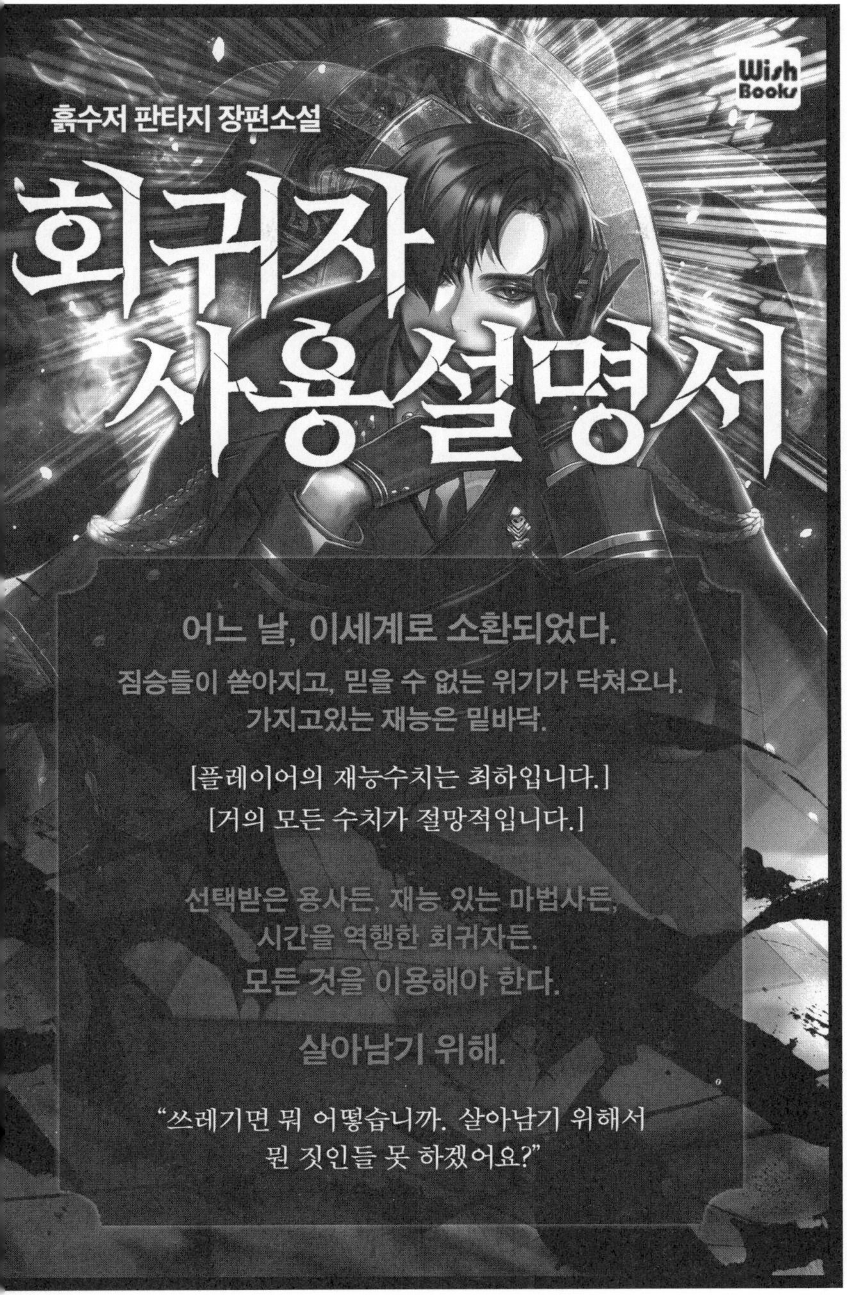
Wish Books
흙수저 판타지 장편소설
회귀자 사용설명서
어느 날, 이세계로 소환되었다.
짐승들이 쏟아지고, 믿을 수 없는 위기가 닥쳐오나.
가지고있는 재능은 밑바닥.
[플레이어의 재능수치는 최하입니다.]
[거의 모든 수치가 절망적입니다.]
선택받은 용사든, 재능 있는 마법사든,
시간을 역행한 회귀자든.
모든 것을 이용해야 한다.
살아남기 위해.
"쓰레기면 뭐 어떻습니까. 살아남기 위해서
뭔 짓인들 못 하겠어요?"

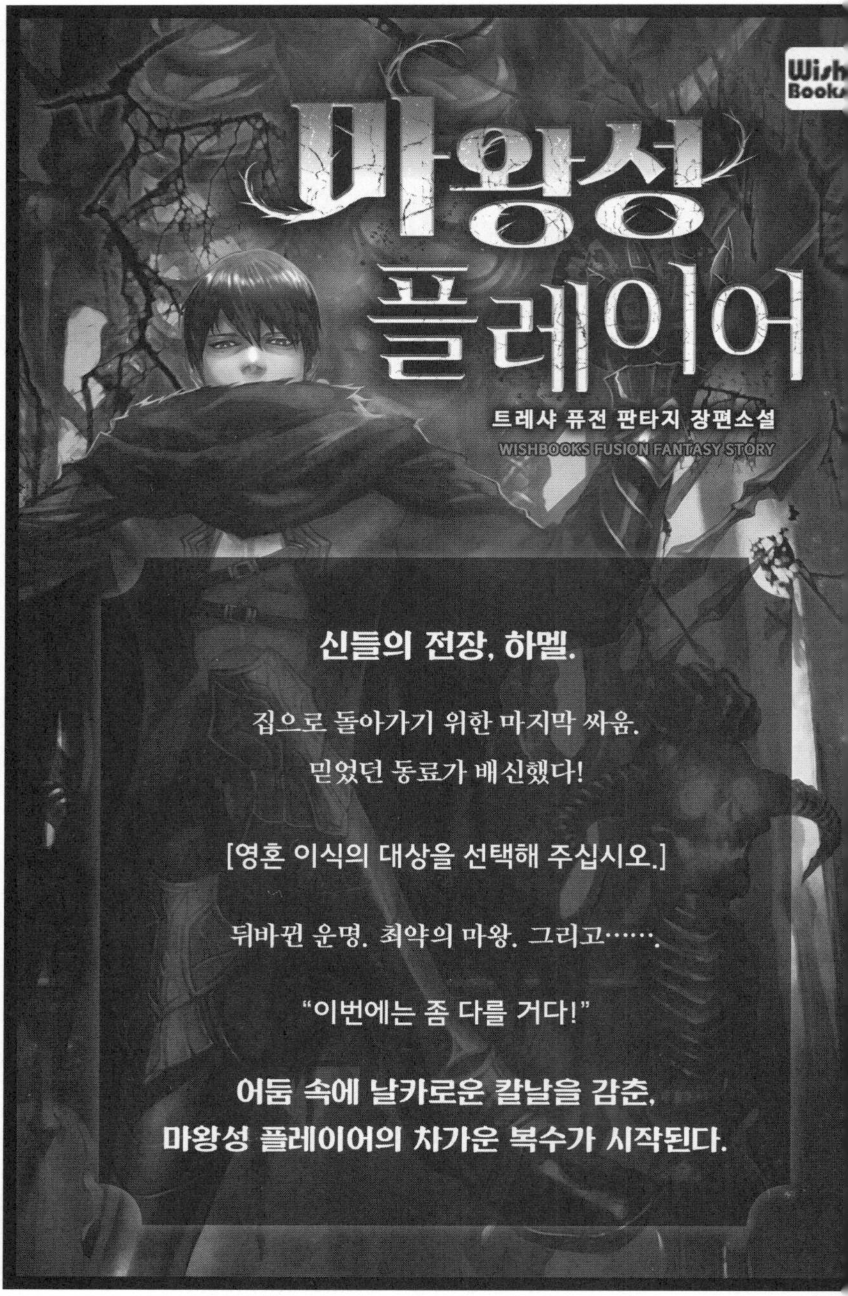
마왕성
플레이어
트레샤 퓨전 판타지 장편소설
WISHBOOKS FUSION FANTASY STORY
신들의 전장, 하멜.
집으로 돌아가기 위한 마지막 싸움.
믿었던 동료가 배신했다!
[영혼 이식의 대상을 선택해 주십시오.]
뒤바뀐 운명. 최약의 마왕. 그리고…….
"이번에는 좀 다를 거다!"
어둠 속에 날카로운 칼날을 감춘,
마왕성 플레이어의 차가운 복수가 시작된다.

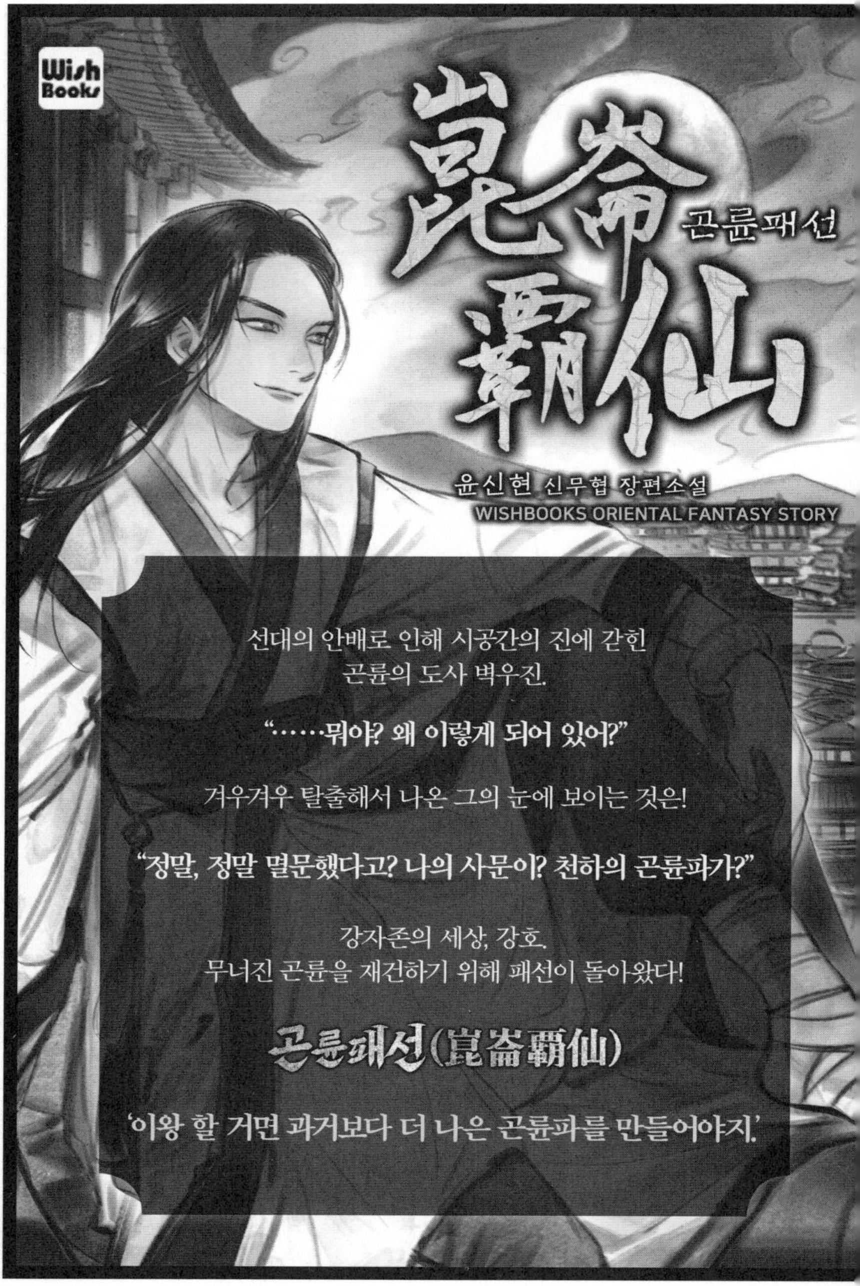
Wish Books
崑崙覇仙
곤륜패선
윤신현 신무협 장편소설
WISHBOOKS ORIENTAL FANTASY STORY
선대의 안배로 인해 시공간의 진에 갇힌
곤륜의 도사 벽우진.
"……뭐야? 왜 이렇게 되어 있어?"
겨우겨우 탈출해서 나온 그의 눈에 보이는 것은!
"정말, 정말 멸문했다고? 나의 사문이? 천하의 곤륜파가?"
강자존의 세상, 강호.
무너진 곤륜을 재건하기 위해 패선이 돌아왔다!
곤륜패선(崑崙覇仙)
'이왕 할 거면 과거보다 더 나은 곤륜파를 만들어야지.'